重访边城

张爱玲

北京出版集团公司
北京十月文艺出版社

青马（天津）文化有限公司
出　品

目录

羊毛出在羊身上
——谈《色，戒》

拙著短篇小说《色，戒》，这故事的来历说来话长，有些材料不在手边，以后再谈。看到十月一日"人间"上域外人先生写的《不吃辣的怎么胡得出辣子？——评〈色，戒〉》一文，觉得首先需要阐明下面这一点：

特务工作必须经过专门的训练，可以说是专业中的专业，受训时发现有一点小弱点，就可以被淘汰掉。王佳芝凭一时爱国心的冲动——域文说我"对她爱国动机全无一字交代，"那是因为我从来不低估读者的理解力，不作正义感的正面表白——和几个志同道合的同学，就干起特工来了，等于是羊毛玩票。羊毛玩票入了迷，捧角拜师，自组票社彩排，也会倾家荡产。业余的特工一不小心，连命都送掉。所以《色，戒》里职业性的地下工作者只有一个，而且只出现了一次，神龙见首不见尾，远非这批业余的特工所能比。域外人先生看书不够细心，所以根本"表错了情"。

○○七的小说与影片我看不进去，较写实的如詹·勒卡瑞 (John Le Carré) ——的名著《〔冷战中〕进来取暖的间谍》——搬上银幕也是名片——我太外行，也不过看个气氛。里面的心理描写很深刻，主角的上级首脑虽是正面人物，也口蜜腹剑，牺牲

1

个把老下属不算什么。我写的不是这些受过专门训练的特工，当然有人性，也有正常的人性的弱点，不然势必人物类型化，成了共党文艺里一套板的英雄形象。

王佳芝的动摇，还有个远因。第一次企图行刺不成，赔了夫人又折兵，不过是为了乔装已婚妇女，失身于同伙的一个同学。对于她失去童贞的事，这些同学的态度相当恶劣——至少予她的印象是这样——连她比较最有好感的邝裕民都未能免俗，让她受了很大的刺激。她甚至于疑心她是上了当，有苦说不出，有点心理变态。不然也不至于在首饰店里一时动心，铸成大错。

第二次下手，终于被她勾搭上了目标。她"每次跟老易在一起都像洗了个热水澡，把积郁都冲掉了，因为一切都有了个目的。""因为一切都有了个目的"，是说"因为没白牺牲了童贞"，极其明显。域外人先生断章取义，撇开末句不提，说：

"我未干过间谍工作，无从揣摩女间谍的心理状态。但和从事特工的汉奸在一起，会像'洗了个热水澡'一样，把'积郁都冲掉了'，实在令人匪夷所思。"

王佳芝演话剧，散场后兴奋得松弛不下来，大伙消夜后还拖着个女同学陪她乘电车游车河，这种心情，我想上台演过戏，尤其是演过主角的少男少女都经验过。她第一次与老易同桌打牌，看得出他上了钩，回来报告同党，觉得是"一次空前成功的演出，下了台还没下装，自己都觉得顾盼间光艳照人。她舍不得他们走，恨不得再到哪里去。已经下半夜了，邝裕民他们又不跳舞，找那种通宵营业的小馆子去吃及第粥也好，在毛毛雨里老远一路走回来，疯到天亮。"

自己觉得扮戏特别美艳，那是舞台的魅力。"舍不得他们走，"

是不愿失去她的观众，与通常的 the party is over，酒阑人散的惆怅。这种留恋与拖女同学夜游车河一样天真。"疯到天亮"也不过是凌晨去吃小馆子，雨中步行送两个女生回去而已。域外人先生不知道怎么想到歪里去了：

"我但愿是我错会了意，但有些段落，实在令我感到奇怪。例如她写王佳芝第一次化身麦太太，打入易家，回到同伙处，自己觉得是'一次空前成功的演出，下了台还没下装，自己都觉得顾盼间光艳照人。她舍不得他们走，恨不得再到哪里去。'然后又'疯到天亮'。那次她并未得手，后来到了上海，她又'义不容辞'再进行刺杀易先生的工作。照张爱玲写来，她真正的动机却是'每次跟老易在一起都像洗了个热水澡，把积郁都冲掉了，因为一切都有了（缺"个"字）目的。'"

句旁着重点是我代加。"回到同伙处"显指同伙都住在"麦家"。他们是岭南大学学生，随校迁往香港后，连课堂都是借港大的，当然没有宿舍，但是必定都有寓所。"麦家"是临时现找的房子，香港的小家庭都是住公寓或是一个楼面。要防易家派人来送信，或是易太太万一路过造访，年轻人太多令人起疑，绝不会大家都搬进来同住，其理甚明。这天晚上是聚集在这里"等信"。

既然算是全都住在这里，"舍不得他们走"就不是舍不得他们回去，而成了舍不得他们离开她各自归寝。引原文又略去舞场已打烊，而且邝裕民等根本不跳舞——显然因为态度严肃——惟有冒雨去吃大牌档一途。再代加"然后又"三字，成为"然后又疯到天亮"，"疯到天亮"就成了出去逛了回来开无遮大会。

此后在上海跟老易每次"都像洗了个热水澡，把积郁都冲掉了，因为一切都有了（个）目的"，引原文又再度断章取义，忽

3

视末句，把她编派成色情狂。这才叫罗织入人于罪，倒反咬一口，说我"罗织她的弱点"。

一般写汉奸都是獐头鼠目，易先生也是"鼠相"，不过不像公式化的小说里的汉奸色迷迷晕陶陶的，作饵的侠女还没到手已经送了命，侠女得以全贞，正如西谚所谓"又吃掉蛋糕，又留下蛋糕。"他唯其因为荒淫纵欲贪污，漂亮的女人有的是，应接不暇，疲于奔命，因此更不容易对付。而且虽然"鼠相"，面貌仪表还不错——这使域外人先生大为骇异，也未免太"以貌取人"了。——这一点非常重要，因为他如果是个"糟老头子"（见水晶先生《色，戒》书评），给王佳芝买这只难觅的钻戒本来是理所当然的，不会使她怦然心动，以为"这个人是真爱我的"。

易先生的"鼠相""据说是主贵的"（《色，戒》原文），"据说"也者，当是他贵为伪政府部长之后，相士的恭维话，也可能只是看了报上登的照片，附会之词。域外人先生写道："汉奸之相'主贵'，委实令我不解。"我也不解。即使域外人先生笃信命相，总也不至于迷信到认为一切江湖相士都灵验如神，使他无法相信会有相面的预言伪部长官运亨通，而看不出他这官做不长。

此外域文显然提出了一个问题：小说里写反派人物，是否不应当进入他们的内心？杀人越货的积犯一定是自视为恶魔，还是可能自以为也有逼上梁山可歌可泣的英雄事迹？

易先生恩将仇报杀了王佳芝，还自矜为男子汉大丈夫。起先她要他同去首饰店，分明是要敲他一记。他"有点悲哀。本来以为想不到中年以后还有这样的奇遇。……不让他自我陶醉一下，不免怏然。"此后她捉放曹放走了他，他认为"她还是爱他的，是他生平第一个红粉知己。想不到中年以后还有这番遇合。"这是枪毙了她以后，终于可以让他尽量"自我陶醉"了，与前如出一辙，连字句都大致相同。

他并且说服了自己："得一知己，死而无憾。他觉得她的影子会永远依傍他，安慰他。……他们是原始的猎人与猎物的关系，虎与伥的关系，最终极的占有。她这才生是他的人，死是他的鬼。"

域外人先生说："读到这一段，简直令人毛骨悚然。"

"毛骨悚然"正是这一段所企图达到的效果，多谢指出，给了我很大的鼓励。

因为感到毛骨悚然，域外人先生甚至于疑惑起来：

"也许，张爱玲的本意还是批评汉奸的？也许我没有弄清楚张爱玲的本意？"

但是他读到最后一段，又翻了案，认为是"歌颂汉奸的文学——即使是非常暧昧的歌颂——"。

故事末了，牌桌上的三个小汉奸太太还在进行她们无休无歇的敲竹杠要人家请吃饭。无聊的鼓噪歪缠中，有一个说了声："不吃辣的怎么胡得出辣子？"一句最浅薄的谐音俏皮话。域外人先生问：

"这话是什么意思？辣椒是红色的，'吃辣'就是'吃血'的意思，这是很明显的譬喻。"

"难道张爱玲的意思是，杀人不眨眼的汉奸特务头子，只有'吃辣'才'胡得出辣子'，做得大事业？这样的人才是'主贵'的男子汉大丈夫？"

"辣椒是红色的，'吃辣'就是'吃血'的意思。"吃红色食品就是"吃血"，那么吃番茄也是吃血？而且辣的食物也不一定是辣椒，如粉蒸肉就用胡椒粉，有黑白二种。

我最不会辩论，又写得慢，实在匀不出时间来打笔墨官司。域外人这篇书评，貌作持平之论，读者未必知道通篇穿凿附会，任意割裂原文，予以牵强的曲解与"想当然耳"，一方面又一再声明"但愿是我错会了意"，自己预留退步，可以归之于误解，就可以说话完全不负责。我到底对自己的作品不能不负责，所以只好写了这篇短文，下不为例。

* 初载一九七八年十一月二十七日《中国时报·人间》，收入《续集》。

把我包括在外

　　过去好莱坞制片家山谬·高尔温是东欧移民——波兰犹太人，原姓 Goldfish（金鱼）——十七岁来新大陆，活到九十岁高龄，英语始终不纯熟——据说个性强的人没有语言天才，大概有点道理——往往错得妙趣横生，以致于字典里添了个新字：Goldwynism（高尔温缠夹语）。甚至于许多人认为有些都是他麾下的宣传部捉刀捏造的，好让影剧社交圈专栏报导，代为扬名。但是他最出名的几句名言绝对不是任何人所能臆造的，例如"把我包括在外（Include me out）"；"我只要用两个字告诉你：'不''可能'（Im Possible）。"（英文"不可能"（Impossible）是一个字。）

　　联副新辟"文化街"一栏，寄了一份表格来让我填写近址的城乡地名与工作性质。这又不是什么秘密，而且我非常欣赏题名"文化街"。但是在文化街蹓跶看橱窗有我，遇到电台记者采访舆情，把扩音机送到唇边——尼克逊总统辞职那天我就在好莱坞大道上遇见过一个——我就不免引一句"把我包括在外"了。写了这么两段，可否代替填表？

　　*初载一九七九年二月二十六日《联合报》副刊，未收集。

表姨细姨及其他

林佩芬女士在《书评书目》上评一篇新近的拙著短篇小说，题作《看张——〈相见欢〉的探讨》，篇首引袁枚的一首诗，我看了又笑又佩服，觉得引得实在好，抄给读者看：

爱好由来落笔难，

一字千改始心安；

阿婆还是初笄女，

头未梳成不许看。

——袁枚《遣兴》

文内提起这故事里伍太太的女儿称母亲的表姊为"表姑"，而不是"表姨"，可见"两人除了表姊妹之外还有婚姻的关系——两人都是亲上加亲的婚姻，伍太太的丈夫是她们的表弟，荀太太的丈夫也是'亲戚故旧'中的一名。"

林女士实在细心。不过是荀太太的丈夫比她们表姊妹俩小一岁，伍太太的丈夫不见得也比太太年轻。

其实严格的说来，此处应作"表姨"。她们不过是单纯的表姊妹。写到"表姑"二字的时候我也曾经踌躇了一会，但是没想到应当下注解。

我有许多表姑，表姨一个都没有。我母亲的表姊妹也是我父亲的远房表姊妹，就也算表姑。我直到现在才想起来是忌讳"姨"字。难道"表"不谐音"婊"字？不但我们家——我们是河北人——在亲戚家也都没听见过"表姨"这称呼。唯一的例外是合肥李家有个女婿原籍扬州，是亲戚间唯一的苏北人，他太太跟我姑姑是堂表姊妹，他们的子女叫我姑姑"表姨娘"。当时我听着有点刺耳，也没去研究为什么。固然红楼二尤也是贾蓉的姨娘——已婚称"姨妈"，未婚称"姨娘"没错，不过《红楼梦》里小辈也称姨娘为"姨娘"。想必因为作妾不是正式结婚，客气的尊称只好把来作为未婚的姨母看待。

我母亲是湖南人，她称庶母"大姨二姨"。我舅母也是湖南人。但是我舅舅家相当海派，所以表姊妹们叫舅母的妹妹"阿姨"——"阿姨"是吴语，近年来才普及——有"阿姨"的也只此一家。

照理"姨妈"这名词没有代用品，但是据我所知，"姨妈"也只有一个。李鸿章的长孙续娶诗人杨云史的妹妹，小辈都称她的姊姊"大姨妈"。杨家是江南人——常熟？

但是我称我继母的姊妹"大姨""八姨九姨"以至于"十六姨"。她们父亲孙宝琦有八个儿子，十六个女儿。孙家仿佛是江南人——我对这些事一向模糊——虽然都一口京片子非常道地。

此外我们这些亲戚本家都来自华北华中与中南部。看来除了风气较开放的江南一隅——延伸到苏北——近代都避讳"姨"字，至少口头上"姨""姨娘"的称呼已经被淘汰了，免与姨太太混淆。

闽南话"细姨"是妾，想必福建广东同是称"小"作"细"。

现在台湾恐怕不大有人称妻妹为小姨了。

三〇年间张资平的畅销小说，有一篇写一个青年与他母亲的幼妹"云"姨母恋爱。"云姨母"显然不是口语，这称呼很怪，非常不自然，是为了避免称"云姨"或"云姨娘"。即使是文言，称未婚少女为"姨母"也不对。张资平的小说外表很西式，横行排字，书中地点都是些"H市""S市"，也看不出是否大都市，无法推测是汉口上海还是杭州汕头。我的印象是作者是内地人，如果在上海写作也是后来的事。他显然对"姨"字也有过敏性。

"表姑""表姨"的纠纷表过不提，且说《相见欢》这篇小说本身，似乎也应当加注解。短短一篇东西，自注这样长，真是个笑话。我是实在向往传统的白描手法——全靠一个人的对白动作与意见来表达个性与意向。但是向往归向往，是否能做到一两分又是一回事了。显然失败了，连林女士这样的细心人都没看出《相见欢》中的苟绍甫

①对他太太的服饰感到兴趣，虽然他不是个娘娘腔的人；

②认为盲婚如果像买奖券，他中了头奖；

③跟太太说话的时候语声温柔，与平时不同；

④虽然老夫老妻年纪都已过中年，对她仍旧有强烈的欲望；

是爱他太太。至于他听不懂她的弦外之音，又有时候说话不留神，使她生气，那是多数粗豪的男子的通病。

这里的四个人物中，伍太太的女儿是个旁观者。关于她自己的身世，我们只知道她家里反对她早婚，婚后丈夫出国深造，因为无法同去，这才知道没钱的苦处。这并不就是懊悔嫁了个没钱的人，至少没有悔意的迹象，小夫妻俩显然恩爱。不过是离愁加上面对现实——成长的痛苦。

伍太太有两点矛盾：

①痛心她挚爱的表姊彩凤随鸦，代抱不平到恨不得她红杏出墙，而对她钉梢的故事感到鄙夷不屑——当是因为前者是经由社交遇见的人，较罗曼蒂克；

②因为她比荀太太有学识，觉得还是她比较能了解绍甫为人——他宁可在家里孵豆芽，不给军阀做事，北伐后才到南京找了个小事。但是她一方面还是对绍甫处处吹毛求疵，对自己的丈夫倒相当宽容，"怨而不怒，"——只气她的情敌，心里直骂"婊子"，大悖她的淑女形象——被遗弃了还乐于给他写家信。

显然她仍旧妒恨绍甫。少女时代同性恋的单恋对象下嫁了他，数十年后余愤未平。倒是荀太太已经与现实媾和了，而且很知足，知道她目前的小家庭生活就算幸福的了。一旦绍甫死了生活无着，也准备自食其力。她对绍甫之死的冷酷，显示她始终不爱他。但是一个人一辈子总也未免有情，不过她当年即使对那恋慕她的牌友动了心，又还能怎样？也只好永远念叨着那钉梢的了。

几个人一个个心里都有个小火山在，尽管看不见火，只偶尔冒点烟，并不像林女士说的"槁木死灰"，"麻木到近于无感觉"。这种隔阂，我想由来已久。我这不过是个拙劣的尝试，但是"意在言外""一说便俗"的传统也是失传了，我们不习惯看字里行间的夹缝文章。而从另一方面说来，夹缝文章并不是打谜。林女士在引言里说我的另一篇近作《色，戒》——

"……是在探讨人心中'价值感'的问题。（所以女主角的名字才谐音为'王佳芝'？）"

使我联想到《中国时报》"人间"副刊上曾经有人说我的一篇小说《留情》中淡黄色的墙是民族观念——偏爱黄种人的肤

色——同属红楼梦索隐派。当然，连红楼梦都有卜世仁（不是人），贾芸的舅舅。但是当时还脱不了小说是游戏文章的看法，曹雪芹即使不同意，也不免偶一为之。时至今日，还幼稚到用人物姓名来骂人或是暗示作书宗旨？

此外林女士还提起《相见欢》中的观点问题。我一向沿用旧小说的全知观点羼用在场人物观点。各个人的对话分段，这一段内有某人的对白或动作，如有感想就也是某人的，不必加"他想"或"她想"。这是现今各国通行的惯例。这篇小说里也有不少这样的例子。林女士单挑出伍太太想的"外国有这句话：'死亡使人平等。'其实不等到死已经平等了。当然在一个女人是已经太晚了……"指为"夹评夹叙"，是"作者对小说中人物的批判"，想必因为原文引了一句英文名句，误认为是作者的意见。

伍太太"一肚子才学"（原文），但是没说明学贯中西。伍太太实有其人，曾经陪伴伍先生留学英美多年，虽然没有正式进大学，英文很好。我以为是题外文章，略去未提。倘然提起过，她熟悉这句最常引的英语，就不至于显得突兀了。而且她女儿自恨不能跟丈夫一同出国，也更有来由。以后要把这一点补写进去，非常感谢林女士提醒我。

*初载一九七九年五月十一日《联合报》副刊，收入《续集》。

谈吃与画饼充饥

报刊上谈吃的文字很多，也从来不嫌多。中国人好吃，我觉得是值得骄傲的，因为是一种最基本的生活艺术。如插花与室内装修，就不是人人都能做得到的，而相形之下又都是小事。"民以食为天"，但看大饼油条的精致，就知道"食"不光是填饱肚子就算了。烧饼是唐朝自西域传入，但是南宋才有油条，因为当时对奸相秦桧的民愤，叫"油炸桧"，至今江南还有这名称。我进的学校，宿舍里走私贩卖点心与花生米的老女佣叫油条"油炸桧"，我还以为是"油炸鬼"——吴语"桧"读作"鬼"。大饼油条同吃，由于甜咸与质地厚韧脆薄的对照，与光吃烧饼味道大不相同，这是中国人自己发明的。有人把油条塞在烧饼里吃，但是油条压扁了就又稍差，因为它里面的空气也是不可少的成分之一。

周作人写散文喜欢谈吃，为自己辩护说"饮食男女，人之大欲存焉"，但是男女之事到处都是一样，没什么可说的，而各地的吃食不同。这话也有理，不过他写来写去都是他故乡绍兴的几样最节俭清淡的菜，除了当地出笋，似乎也没什么特色。炒冷饭的次数多了，未免使人感到厌倦。

一样怀旧，由不同的作者写来，就有兴趣，大都有一个城市

13

的特殊情调，或是浓厚的乡土气息。即使是连糯米或红枣都没有的穷乡僻壤，要用代用品，不见得怎么好吃，而由于怀乡症与童年的回忆，自称馋涎欲滴。这些代用品也都是史料。此外就是美食家的回忆录，记载的名菜小吃不但眼前已经吃不到了，就有也走了样，就连大陆上当地大概也绝迹了，当然更是史料。不过给一般读者看，盛筵难再，不免有画饼充饥之感，尤其是身在海外的人。我们中国人享惯口福，除了本土都是中国人的灾区，赤地千里。——当然也不必惨到这样。西谚有云："二鸟在林中不如一鸟在手。"先谈树丛中啁啾的二鸟，虽然惊鸿一瞥，已经消逝了。

我姑姑有一次想吃"黏黏转"，是从前田上来人带来的青色的麦粒，还没熟。我太五谷不分，无法想像，只联想到"青禾"，王安石的新政之一，讲《纲鉴易知录》的老先生沉着脸在句旁连点一串点子，因为扰民。总是捐税了——还是贷款？我一想起来就脑子里一片混乱，我姑姑的话根本没听清楚，只听见下在一锅滚水里，满锅的小绿点子团团急转——因此叫"黏黏（拈拈？年年？）转"，吃起来有一股清香。

自从我小时候，田上带来的就只有大麦面子，暗黄色的面粉，大概干焙过的，用滚水加糖调成稠糊，有一种焦香，远胜桂格麦片。藕粉不能比，只宜病中吃。出"黏黏转"的田地也不知是卖了还是分家没分到，还是这样东西已经失传了。田地大概都在安徽，我只知道有的在无为州，这富于哲学意味与诗意的地名容易记。大麦面子此后也从来没见过，也没听说过。

韩战的中共宣传报导，写士兵空心肚子上阵，饿了就在口袋里捞一把"炒面"往嘴里送，想也就是跟炒米一样，可以用滚水冲了吃的。炒米也就是美国五花八门的"早餐五谷"中的"吹胀米"

(puffed rice)，尽管制法不同。"早餐五谷"只要加牛奶，比煮麦片简便，又适合西方人喝冷牛奶的习惯，所以成为最大的工业之一。我们的炒米与大麦面子——"炒面"没吃过不敢说——听其自生自灭，实在可惜。

第一次看见大张的紫菜，打开来约有三尺见方，一幅脆薄细致的深紫的纸，有点发亮，像有大波纹暗花的丝绸，微有摺痕，我惊喜得叫出声来，觉得是中国人的杰作之一。紫菜汤含碘质，于人体有益，又是最简便的速食，不过近年来似乎不大有人吃了。

听见我姑姑说，"从前相府老太太看《儒林外史》，就看个吃。"亲戚与佣仆都称李鸿章的长媳"相府老太太"或是"二老太太"——大房是过继的侄子李经芳。《儒林外史》我多年没看见，除了救了匡超人一命的一碗绿豆汤，只记得每桌饭的菜单都很平实，是近代江南华中最常见的菜，当然对胃口，不像《金瓶梅》里潘金莲能用"一根柴禾就炖得稀烂"的猪头，时代上相隔不远，而有原始的恐怖感。

《红楼梦》上的食物的一个特点是鹅，有"胭脂鹅脯"，想必是腌腊——酱鸭也是红通通的。迎春"鼻腻鹅脂""肤如凝脂"一般都指猪油。曹雪芹家里当初似乎烹调常用鹅油，不止"松瓤鹅油卷"这一色点心。《儿女英雄传》里聘礼有一只鹅。佟舅太太认为新郎抱着一只鹅"嘎啊嘎"的太滑稽。安老爷分辩说是古礼"奠雁（野鹅）"——当然是上古的男子打猎打了雁来奉献给女方求婚。看来《红楼梦》里的鹅肉鹅油还是古代的遗风。《金瓶》《水浒》里不吃鹅，想必因为是北方，受历代入侵的胡人的影响较深，有些汉人的习俗没有保存下来。江南水乡养鹅鸭也更多。

西方现在只吃鹅肝香肠，过去餐桌上的鹅比鸡鸭还普遍。圣诞大餐的烤鹅，自十九世纪起才上行下效，逐渐为美洲的火鸡所取代。

我在中学宿舍里吃过榨菜鹅蛋花汤，因为鹅蛋大，比较便宜。仿佛有点腥气，连榨菜的辣都掩盖不住。在大学宿舍里又吃过一次蛋粉制的炒蛋，有点像棉絮似的松散，而又有点黏搭搭的滞重，此外也并没有异味。最近读乔·索伦梯诺（Sorrentino）的自传，是个纽约贫民区的不良少年改悔读书，后来做了法官。他在狱中食堂里吃蛋粉炒蛋，无法下咽，狱卒逼他吃，他呕吐被殴打。我觉得这精壮小伙子也未免太脾胃薄弱了。我就算是嘴刁了，八九岁有一次吃鸡汤，说"有药味。怪味道。"家里人都说没什么。我母亲不放心，叫人去问厨子一声。厨子说这只鸡是两三天前买来养在院子里，看它垂头丧气的仿佛有病，给它吃了"二天油"，像万金油玉树神油一类的油膏。我母亲没说什么。我把脸埋在饭碗里扒饭，得意得飘飘欲仙，是有生以来最大的光荣。

　　小时候在天津常吃鸭舌小萝卜汤，学会了咬住鸭舌头根上的一只小扁骨头，往外一抽抽出来，像拔鞋拔。与豆大的鸭脑子比起来，鸭子真是长舌妇，怪不得它们人矮声高，"咖咖咖咖"叫得那么响。汤里的鸭舌头淡白色，非常清腴嫩滑。到了上海就没见过这样菜。

　　南来后也没见过烧鸭汤——买现成的烧鸭煨汤，汤清而鲜美。烧鸭很小，也不知道是乳鸭还是烧烤过程中缩小的，赭黄的皱皮上毛孔放大了，一粒粒鸡皮疙瘩突出，成为小方块图案。这皮尤其好吃，整个是个洗尽油脂，消瘦净化的烤鸭。吃鸭子是北边人在行，北京烤鸭不过是一例。

　　在北方常吃的还有腰子汤，一副腰子与里脊肉小萝卜同煮。里脊肉女佣们又称"腰梅肉"，大概是南京话，我一直不懂为什么叫"腰梅肉"，又不是霉干菜炖肉。多年后才恍然，悟出是"腰眉肉"。腰上两边，打伤了最致命的一小块地方叫腰眼。腰眼上面一寸左右就是"腰眉"了。真是语言上的神来之笔。

我进中学前,有一次钢琴教师在她家里开音乐会,都是她的学生演奏,七大八小,如介绍我去的我的一个表姑,不是老小姐也已经是半老小姐,弹得也够资格自租会堂表演,上报扬名了。交给我弹的一支,拍子又慢,又没有曲调可言,又不踩脚踏,显得稚气,音符字字分明的四平调,非常不讨好。弹完了没什么人拍手,但是我看见那白俄女教师略点了点头,才放了心。散了会她招待吃点心,一溜低矮的小方桌拼在一起,各自罩上不同的白桌布,盘碟也都是杂凑的,有些茶杯的碟子,上面摆的全是各种小包子,仿佛有蒸有煎有川有烤,五花八门也不好意思细看。她拉着我过去的时候,也许我紧张过度之后感到委屈,犯起别扭劲来,走过每一碟都笑笑说:"不吃了,谢谢。"她呻吟着睁大了蓝眼睛表示骇异与失望,一个金发的环肥徐娘,几乎完全不会说英语,像默片女演员一样用夸张的表情来补助。

几年后我看鲁迅译的果戈尔的《死魂灵》,书中大量收购已死农奴名额的骗子,走遍旧俄,到处受士绅招待,吃当地特产的各种鱼馅包子。我看了直踢自己。鲁迅译的一篇一九二六年的短篇小说《包子》,写俄国革命后一个破落户小姐在宴会中一面卖弄风情说着应酬话,一面猛吃包子。近年来到苏联去的游客,吃的都是例有的香肠鱼子酱等,正餐似也没有什么特色。苏俄样样缺货,人到处奔走"觅食"排班,不见得有这闲心去做这些费工夫的面食了。

离我学校不远,兆丰公园对过有一家俄国面包店老大昌(Tchak-alian),各色小面包中有一种特别小些,半球型,上面略有点酥皮,下面底上嵌着一只半寸宽的十字托子,这十字大概面和得较硬,里面搀了点乳酪,微咸,与不大甜的面包同吃,微妙可口。在美国听见"热十字小面包"（hot cross bun）这名词，还以为也许就是这种十字面包。后来见到了，原来就是粗糙的小圆面包上用白糖划了个细小的十字，即使初出炉也不是香饽饽。

老大昌还有一种肉馅煎饼叫匹若叽（pierogie），老金黄色，疲软作布袋形。我因为是油煎的不易消化没买。多年后在日本到一家土耳其人家吃饭，倒吃到他们自制的匹若叽，非常好。土耳其在东罗马时代与俄国同属希腊正教，本来文化上有千丝万缕的关系。

六〇年间回香港，忽然在一条僻静的横街上看见一个招牌上赫然大书 Tchakalian，没有中文店名。我惊喜交集，走过去却见西晒的橱窗里空空如也，当然太热了不能搁东西，但是里面的玻璃柜台里也只有寥寥几只两头尖的面包与扁圆的俄国黑面包。店伙与从前的老大昌一样，都是本地华人。我买了一只俄国黑面包，至少是他们自己的东西，总错不了。回去发现陈得其硬如铁，像块大圆石头，切都切不动，使我想起《笑林广记》里（是煮石疗饥的苦行僧？）"烧也烧不烂，煮也煮不烂，急得小和尚一头汗。"好容易剖开了，里面有一根五六寸长的淡黄色直头发，显然是一名青壮年斯拉夫男子手制，验明正身无误，不过已经橘逾淮而为枳了。

香港中环近天星码头有一家青鸟咖啡馆，我进大学的时候每次上城都去买半打"司空"（scone），一种三角形小扁面包——源出中期英语 schoon brot，第二字略去，意即精致的面包。司空也是苏格兰的一个地名，不知道是否因这土特产而得名。苏格兰国王加冕都坐在"司空之石"上，现在这块石头搬到威士敏寺，放在英王加冕的座椅下。苏格兰出威士忌酒，也是饮食上有天才的民族。他们有一样菜传为笑柄，haggis，羊肚里煮切碎的羊心肝与羊油麦片，但是那也许是因为西方对于吃内脏有偏见。利用羊肚作为天然蛊，在贫瘠寒冷多山的岛国，该是一味经济实惠的好菜。不知道比窦娥的羊肚汤如何？

这"司空"的确名下无虚，比蛋糕都细润，面粉颗粒小些，吃着更"面"些，但是轻清而不甜腻。美国就买不到。上次回香港去，还好，青鸟咖啡馆还在，那低矮的小楼房倒没拆建大厦。一进门也还是那熟悉的半环形玻璃柜台，但是没有"司空"。我还不死心，又上楼去。楼上没去过，原来地方很大，整个楼面一大统间，黑洞洞的许多卡位，正是下午茶上座的时候。也并不是黑灯咖啡厅，不过老洋房光线不足，白天也没点灯。楼梯口有个小玻璃柜台，里面全是像蜡制的小蛋糕。半黑暗中人声嘈嘈，都是上海人在谈生意。虽然乡音盈耳，我顿时皇皇如丧家之犬，假装找人匆匆扫视了一下，赶紧下楼去了。

香港买不到"司空"，显示英国的影响的消退。但是我寓所附近路口的一家小杂货店倒有"黛文郡（Devonshire）奶油"，英国西南部特产，厚得成为一团团，不能倒，用茶匙舀了加在咖啡里，连咖啡粉冲的都成了名牌咖啡了。

美国没有"司空"，但是有"英国麦分（muffin）"，东部的较好，式样与味道都有点像酒酿饼，不过切成两片抹黄油。——酒酿饼有的有豆沙馅，酒酿的原味全失了。——英国文学作品里常见下午茶吃麦分，气候寒冷多雨，在壁炉边吃黄油滴滴的热麦分，是雨天下午的一种享受。

有一次在多伦多街上看橱窗，忽然看见久违了的香肠卷——其实并没有香肠，不过是一只酥皮小筒塞肉——不禁想起小时候我父亲带我到飞达咖啡馆去买小蛋糕，叫我自己挑拣，他自己总是买香肠卷。一时怀旧起来，买了四只，油渍浸透了的小纸袋放在海关柜台上，关员一脸不愿意的神气，尤其因为我别的什么都没买，无税可纳。美国就没有香肠卷，加拿大到底是英属联邦，不过手艺比不上从前上海飞达咖啡馆的名厨。我在飞机上不便拿出来吃，回到美国一尝，油又大，又太辛辣，哪是我偶尔吃我父亲一只的香肠卷。

在上海我们家隔壁就是战时天津新搬来的起士林咖啡馆，每天黎明制面包，拉起嗅觉的警报，一股喷香的浩然之气破空而来，有长风万里之势，而又是最软性的闹钟，无如闹得不是时候，白吵醒了人，像恼人春色一样使人没奈何。有了这位"芳"邻，实在是一种骚扰。

只有他家有一种方角德国面包，外皮相当厚而脆，中心微湿，是普通面包中的极品，与美国加了防腐剂的软绵绵的枕头面包不可同日而语。我姑姑说可以不抹黄油，白吃。美国常见的只有一种德国黑面包还好（Westphalianrye），也是方形，特别沉重，一磅只有三四寸长。不知道可是因为太小，看上去不实惠，销路不畅，也许没加防腐剂，又预先切薄片，几乎永远干硬。

中国菜以前只有素斋加味精，现在较普遍，为了取巧。前一向美国在查唐人街餐馆用的味精过多，于人体有害。他们自己最畅销的罐头汤里的味精大概也不少，吃了使人口干，像轻性中毒。美国罐头汤还有面条是药中甘草，几乎什么汤里都少不了它，等于吃面。我刚巧最不爱吃汤面，认为"宽汤窄面"最好窄到没有，只剩一点面味，使汤较清而厚。离开大陆前，因为想写的一篇小说里有西湖，我还是小时候去过，需要再去看看，就加入了中国旅行社办的观光团，由旅行社代办路条，免得自己去申请。在杭州导游安排大家到楼外楼去吃螃蟹面。

当时这家老牌饭馆子还没像上海的餐馆"面向大众"，菜价抑低而偷工减料变了质。他家的螃蟹面的确是美味，但是我也还是吃掉浇头，把汤逼干了就放下筷子，自己也觉得在大陆的情形下还这样暴殄天物，有点造孽。桌上有人看了我一眼，我头皮一凛，心里想幸而是临时性的团体，如果走不成，不怕将来被清算的时候翻旧帐。

出来之后到日本去，货轮上二等舱除了我只有一个上海裁缝，最典型的一种，上海本地人，毛发浓重的猫脸，文弱的中等身材，中年，穿着灰扑扑的呢子长袍。在甲板上遇见了，我上前点头招呼，问知他在东京开店，经常到香港采办衣料。他阴侧侧的，忽然一笑，像只刚吞下个金丝雀的猫，说：

"我总是等这只船。"

这家船公司有几只小货轮跑这条航线，这只最小，载客更少，所以不另开饭，头等就跟船长一桌吃，二等就跟船员一桌，一日三餐都是阔米粉面条炒青菜肉片，比普通炒面干爽，不油腻。菜与肉虽少，都很新鲜。二等的厨子显然不会做第二样菜，十天的航程里连吃了十天，也吃不厌。三四个船员从泰国经香港赴日，还不止十天，看来也并没吃倒胃口。多年后我才看到"炒米粉""炒河粉"的名词，也不知道那是否就是，也从来没去打听，也是因为可吃之物甚多。

那在美国呢？除非自己会做菜，再不然就是同化了，汉堡热狗圈饼甘之如饴？那是他们自己称为 junk food（废料食品）的。汉堡我也爱吃，不过那肉饼大部份是吸收了肥油的面包屑，有害无益，所以总等几时路过荒村野店再吃，无可选择，可以不用怪自己。

西方都是"大块吃肉"，不像我们切肉丝肉片可以按照丝缕顺逆，免得肉老。他们虽然用特制的铁锤槌打，也有"柔嫩剂"，用一种热带的瓜果制成，但是有点辛辣，与牛排猪排烤牛肉炖牛肉的质朴的风味不合。中世纪以来都是靠吊挂，把野味与宰了的牲口高挂许多天，开始腐烂，自然肉嫩了。所以 high（高）的一义是"臭"，gamey（像野味）也是"臭"。二〇年间有的女留学生进过烹饪学校，下过他们的厨房，见到西餐的幕后的，皱着眉说："他们的肉真不新鲜。"直到现在，名小说家詹姆斯·密契纳的西班牙游记 *Iberia* 还记载一个游客在餐馆里点了一道斑鸠，嫌腐臭，一戳骨架子上的肉片片自落，叫侍者拿走，说："烂得可以不用烹调了。"

但是在充分现代化的国家，冷藏系统普遍，讲究新鲜卫生，要肉嫩，唯一的办法是烹调得不太熟——生肉是柔软的。照理牛排应当里面微红，但是火候扣不准，而许生不许熟，往往在盘中一刀下去就流出血水来，使我们觉得他们茹毛饮血。

美国近年来肥肉没销路，农人要猪多长瘦肉，训练猪只站着吃饲料，好让腰腿上肌肉发达，其坚韧可想而知。以前最嫩的牛肉都是所谓"大理石式"（marbled），瘦中稍微带点肥，像云母石的图案。现在要净瘦，自然更老了，上桌也得更夹生，不然嚼不动。

近年来西餐水准的低落，当然最大的原因是减肥防心脏病。本来的传统是大块吃肉，特长之一又是各种浓厚的浇汁，都是胆固醇特高的。这一来章法大乱，难怪退化了。再加上其他官能上的享受的竞争，大至性泛滥，小至滑翔与弄潮板的流行，至不济也还有电视可看。几盒电视餐，或是一只义大利饼，一家人就对付了一顿。时髦人则是生胡萝卜汁，带馊味的酸酪（yogurt）。尼克森总统在位时自诩注重健康，吃蕃茄酱拌 cottage cheese，橡皮味的脱脂牛奶渣。

五〇中叶我刚到纽约的时候，有个海斯康（Hascom）西点店，大概是丹麦人开的，有一种酥皮特大小蛋糕叫"拿破崙"，间隔着夹一层果酱，一层奶油，也不知道是拿破仑爱吃的，还是他的宫廷里兴出来的。他的第二任皇后玛丽露薏丝是奥国公主，奥京维也纳以奶油酥皮点心闻名。海斯康是连锁商店，到底不及过去上海的飞达起士林。飞达独有的拿手的是栗子粉蛋糕与"乳酪稻草"——半螺旋形的咸酥皮小条。去年《新闻周刊》上有篇书评，盛赞有个夫妇俩合著的一本书，书中发掘美国较偏僻的公路上的餐馆，据说常有好的，在有一家吃到"乳酪稻草"。书评特别提起，可知罕见。我在波士顿与巴尔的摩吃过两家不重装潢的老餐馆，也比纽约有些做出牌子的法国菜馆好。巴尔的摩是温莎公爵夫人的故乡，与波士顿都算是古城了。两家生意都清，有一家不久就关门了。我来美不到一年，海斯康连锁西点店也关门了。奶油本来是减肥大忌。当时的鸡尾酒会里也有人吃生胡萝卜片下酒。

最近路易西安那州有个小城居民集体忌嘴一年，州长颁给四万美元奖金，作为一项实验，要减低心脏病高血压糖尿病的死亡率。当地有人说笑话，说有一条定律："如果好吃，就吐掉它。"

现在吃得坏到食品招牌纸上最走红的一个字是 old-fashioned (旧式)。反正从前的总比现在好。新出品"旧式"花生酱没加固定剂，沉淀下来结成饼，上面汪着油，要使劲搅匀，但是较有花生香味。可惜昙花一现，已经停制了，当然是因为顾客嫌费事。前两年听说美国食品药物管理处公布，花生酱多吃致癌。花生本身是无害的，总是附加的防腐剂或是固定剂致癌。旧式花生酱没有固定剂，而且招牌纸上叫人搁在冰箱里，可见也没有防腐剂。就为了懒得搅一下，甘冒癌症的危险，也真够懒的。

美国人在吃上的自卑心理，也表现在崇外上，尤其是没受美国影响的外国，如东欧国家。吃在西欧已经或多或少的美国化了，连巴黎都兴吃汉堡与炸鸡等各种速食。前一向 NBC 电视洛杉矶本地新闻节目上破例介绍一家波兰餐馆，新从华沙搬来的老店，老板娘亲自掌厨。一男一女两个报告员一吹一唱好几分钟，也并不是代做广告，电视上不允许的，看来是由衷的义务宣传。

此地附近有个罗马尼亚超级市场，毕竟铁幕后的小国风气闭塞，还保存了一些生活上的传统，光是自制的面包就比市上的好。他们自制的西点却不敢恭维，有一种油炸蜜浸的小棒棒，形状像有直棱的古希腊石柱，也一样坚硬。我不禁想起罗马尼亚人是罗马驻防军与土著妇女的后裔，因此得名。不知道这些甜食里有没有罗马人吃的，还是都来自回教世界？巴尔干半岛在土耳其统治下吸收了中东色彩，糕饼大都香料太重，连上面的核桃都香得辛辣，又太甜。在柏克莱，附近街口有一家伊朗店，号称"天下第一酥皮点心"。我买了一块夹蜜的千层糕试试，奇甜。自从伊朗劫持人质事件，美国的伊朗菜馆都改名"中东菜馆"，此地附近有一家"波斯菜馆"倒没改，大概因为此间大都不知道波斯就是伊朗。

这罗马尼亚店还有冷冻的西伯利亚馄饨，叫"佩尔米尼"，没荷叶边、扁圆形，只有棋子大，皮薄，牛肉馅，很好吃，而且不像此地的中国馄饨搁味精。西伯利亚本来与满蒙接壤。西伯利亚的爱斯基摩人往东迁移到加拿大格陵兰。本世纪初，照片上的格陵兰爱斯基摩女人还梳着汉朝陶俑的发髻，直竖在头顶，中国人看着实在眼熟。

这家超级市场兼售熟食，标明南斯拉夫罗马尼亚德国义大利火腿，阿米尼亚（近代分属苏俄伊朗土耳其）香肠等等，还有些没有英译名的蒜椒熏肉等。罗马尼亚火腿唯一的好处在淡，颜色也淡得像白切肉。德国的"黑树林火腿"深红色，比此间一般的与丹麦罐头火腿都香。但是显然西方始终没解决肥火腿的问题，只靠切得飞薄，切断肥肉的纤维，但也还是往往要吐渣子。哪像中国肥火腿切丁，蒸得像暗黄色水晶一样透，而仍旧有劲道，并不入口即融，也许是火腿最重要的一部份，而不是赘瘤。——华府东南城离国会图书馆不远有个"农民市场",什么都比别处好,例如乡下自制的"浴盆(tub)黄油"。有切厚片的腌猪肉（bacon），倒有点像中国火腿。

罗马尼亚店的德国香肠太酸,使我想起买过一瓶波兰小香肠,浸在醋里,要在自来水龙头下冲洗过才能吃,也还是奇酸。德国与波兰本来是邻邦。又使我想起余光中先生《北欧行》一文中,都塞道夫一家餐馆的奇酸的鱼片。最具代表性的德国菜又是 sauerkraut（酸卷心菜）,以至于 Kraut 一字成为德国人的代名词,虽然是轻侮的,有时候也作为昵称,影星玛琳黛德丽原籍德国,她有些朋友与影评家就叫她 the Kraut。

中国人出国旅行,一下飞机就直奔中国饭馆,固然是一项损失,有些较冷门的外国菜也是需要稍具戒心,大致可以概括如下:酸德国波兰、甜犹太——犹太教领圣餐喝的酒甜得像糖浆,市上的摩根·大卫牌葡萄酒也一样,kosher（合教规的食品）鸡肝泥都搁不少糖,但是我也在康桥买到以色列制的苦巧克力——当然也并不苦,不过不大甜;辣回回,包括印尼马来西亚,以及东欧的土耳其帝国旧属地。印度与巴基斯坦本是一体,所以也在内,虽然不信回教。蓝色的多瑙河一流进匈牙利,两岸的农夫吃午餐,都是一只黑面包,一小锅辣煨蔬菜。匈牙利名菜"古拉矢"（goulash）——蔬菜炖牛肉小牛肉——就辣。埃及的"国菜"是辣煨黄豆,有时候打一只鸡蛋在上面,做为营养早餐。观光旅馆概不供应。

西班牙被北非的回教徒摩尔人征服过,墨西哥又被西班牙征服过,就都爱吃辣椒。中世纪法国南部受西班牙的摩尔人的影响很大。当地的名菜,海鲜居多,大都搁辣椒粉辣椒汁。

辣味固然开胃,嗜辣恐怕还是 an educated taste（教练出来的口味）。在回教发源地沙乌地阿拉伯,沙漠里日夜气温相差极大,白天酷热，人民畜牧为生，逐水草而居，没有地窖可以冷藏食物。辣的香料不但防腐，有点气味也遮盖过去了。非洲腹地的菜也离不了辣椒，是热带的气候关系，还是受北非东非西非的回教徒影响，就不得而知了。

这爿罗马尼亚店里有些罐头上只有俄文似的文字，想必是罗马尼亚文了，巴尔干半岛都是南方的斯拉夫人。有一种罐头上画了一只弯弯的紫茄子。美国的大肚茄子永远心里烂，所以我买了一听罐头茄子试试，可不便宜——难道是茄子塞肉？原来是茄子泥，用豆油或是菜籽油，气味强烈冲鼻。里面的小黑点是一种香料种籽。瓜菜全都剁成酱，也跟印度相同。

犹太面包"玛擦"(matso) 像苏打饼干而且较有韧性，夹鲫鱼 (herring) 与未熟乳酪 (cream cheese) 做三明治，外教人也视为美食。没有"玛擦"，就用普通面包也不错。不过这罐头鱼要滴上几滴柠檬与瓶装蒜液 (Liquidgarlic) 去腥气——担保不必用除臭剂漱口，美国的蒜没蒜味。我也听见美国人说过，当然是与欧洲的蒜相对而言；即使到过中国，在一般的筵席上也吃不到。

阿拉伯面包这爿店就有，也是回教的影响。一叠薄饼装在玻璃纸袋里，一张张饼上满布着烧焦的小黑点，活像中国北边的烙饼。在最高温的烤箱熄火后急烤两分钟，味道也像烙饼，可以卷炒蛋与豆芽菜炒肉丝吃——如果有的话。豆芽菜要到唐人街去买。多数超级市场有售的冷冻"炒面"其实就是豆芽菜烧荸荠片，没有面条，不过豆芽菜根本没摘净，像有刺。

我在三藩市的时候，住得离唐人街不远，有时候散散步就去买点发酸的老豆腐——嫩豆腐没有。有一天看到店铺外陈列的大把紫红色的苋菜，不禁怦然心动，但是炒苋菜没蒜，不值得一炒。

此地的蒜干姜瘪枣，又没蒜味。在上海我跟我母亲住的一个时期，每天到对街我舅舅家去吃饭，带一碗菜去。苋菜上市的季节，我总是捧着一碗乌油油紫红夹墨绿丝的苋菜，里面一颗颗肥白的蒜瓣染成浅粉红。在天光下过街，像捧着一盆常见的不知名的西洋盆栽，小粉红花，斑斑点点暗红苔绿相间的锯齿边大尖叶子，朱翠离披，不过这花不香，没有热呼呼的苋菜香。

日本料理不算好，但是他们有些原料很讲究，例如米饭，又如豆腐。在三藩市的一个日本饭馆里，我看见一碟洁白平正的豆腐，约有五寸长三寸宽，就像是生豆腐，又没有火锅可投入。我用汤匙舀了一角，就这么吃了。如果是盐开水烫过的，也还是淡。但是有清新的气息，比嫩豆腐又厚实些。结果一整块都是我一个人吃了。想问女侍他们的豆腐是在哪买的，想着我不会特别到日人街去买，也就算了。

在三藩市的义大利区，朋友带着去买过一盒菜肉馅义大利饺，是一条冷静的住家的街，灰白色洋灰壳的三四层楼房子，而是一爿店，就叫 Ravioli Factory（"义大利饺厂"）。附有小纸杯浇汁，但是我下在锅里煮了一滚就吃，不加浇汁再烤。菜色青翠，清香扑鼻，活像荠菜饺子，不过小巧些。八九年后再到三藩市，那地址本就十分模糊，电话簿上也查不到，也许关门了。

美国南方名点山核桃批（pecan pie）是用猪油做的，所以味道像枣糕，蒸熟烤熟了更像。枣糕从前我们家有个老妈妈会做。三○年间上海开过一家"仿（御）膳"的餐馆，有小窝窝头与枣糕，不过枣糕的模子小些，因此核桃馅太少，面粉里和的枣泥也不够多，太板了些。

现代所有繁荣的地区都生活水准普遍提高，劳动减少，吃得太富营养，一过三十岁就有中风的危险。中国的素菜小荤本来是最理想的答覆。我觉得发明炒菜是人类进化史上的一个小小里程碑。几乎只要到菜场去拾点断烂菜叶边皮，回来大火一鞭，就能化腐朽为神奇。不过我就连会做的两样最简单的菜也没准，常白糟蹋东西又白费工夫，一不留神也会油锅起火，洗油锅的去垢棉又最伤手，索性洗手不干了。已经患"去垢粉液手"（detergent hands），连指纹都没有了，倒像是找医生消灭掉指纹的积犯。

有个美国医生劝我吃鱼片火锅，他们自己家里也吃，而且不用火锅也行。但是普通超级市场根本没有生鱼，火锅里可用的新鲜蔬菜也只有做沙拉的生菜，极少营养价值。深绿色的菜叶如菠菜都是冷冻的。像他当然是开车上唐人街买青菜。大白菜就没有叶绿素。

人懒，一不跑唐人街，二不去特大的超级市场，就是街口两家，也难得买熟食，不吃三明治就都太咸；三不靠港台亲友寄粮包——亲友自也是一丘之貉，懒得跑邮局，我也懒得在信上详细叮嘱，寄来也不合用，宁可凑合着。

久已有学者专家预期世界人口膨胀到一个地步，会闹严重的粮荒，在试验较经济的新食物，如海藻蚯蚓。但是就连鱼粉，迄今也只喂鸡。近年来几次大灾荒，救济物资里也没有鱼粉蛋粉，也许是怕挨骂，说不拿人当人，饲鸡的给人吃。海藻只有日本味噌汤中是旧有的。中国菜的海带全靠同锅的一点肉味，海带本身滑塌塌沉甸甸的，毫无植物的清气，我认为是失败的。

我母亲从前有亲戚带蛤蟆酥给她，总是非常高兴。那是一种半空心的脆饼，微甜，差不多有巴掌大，状近肥短的梯形，上面芝麻撒在苔绿地子上，绿阴阴的正是一只青蛙的印象派画像。那绿绒倒就是海藻粉。想必总是沿海省分的土产，也没有包装，拿了来装在空饼干筒里。我从来没在别处听见说过这样东西。过去民生艰苦，无法大鱼大肉，独多这种胆固醇低的精巧的食品，湮灭了实在太可惜。尤其现在心脏病成了国际第一杀手，是比粮荒更迫切的危机。

无疑的，豆制品是未来之潮。黄豆是最无害的蛋白质。就连瘦肉里面也有所谓"隐藏的脂肪"（hidden fat）。鱼也有肥鱼瘦鱼之别。

前两年有个营养学家说："鸡蛋唯一的功用是孵成鸡。"他的同行有的视为过激之论，但是许多医生都对鸡蛋采配给制，一两天或一个星期一只不等。真是有心脏病高血压，那就只好吃只大鸭蛋了。中外一致认为最滋补壮阳的生鸡蛋更含有毒素。

有人提倡汉堡里多掺黄豆泥，沾上牛肉味，吃不出分别来。就恐怕肉太少了不够味，多了，牛肉是肉类中胆固醇最高的。电视广告上常见的"汉堡助手"，我没见过盒面上列举的成分，不知道有没有豆泥，还是仍旧是面包屑。只看见超级市场有煎了吃的素腊肠，想必因为腊肠香料重，比较容易混得过去。

美国现在流行素食，固然是胆固醇恐慌引起的"恐肉症"，认为吃素比肉食健康，一方面也是许多青年对禅宗有兴趣，佛教戒杀生，所以他们也对"吃动物的尸体"感到憎怖。中国人常常嘲笑我们的吃素人念念不忘荤腥：素鸡素鹅素鸭素蛋素火腿层出不穷，不但求形式，还求味似。也是靠材料丰富，有多样性，光是干燥的豆腐就有豆腐皮豆腐干，腐竹百叶，大小油豆腐——小球与较松软吸水的三角形大喇叭管——质地性能各各不同。在豆制品上，中国是唯一的先进国。只要有兴趣，一定是中国人第一个发明味道可以乱真的素汉堡。譬如豆腐渣，浇上吃剩的红烧肉汤汁一炒，就是一碗好菜，可见它吸收肉味之敏感；累累结成细小的一球球，也比豆泥像碎肉。少掺上一点牛肉，至少是"花素汉堡"。

＊初载一九八〇年七月三十一日《联合报》副刊，收入《续集》。

惘然记

北宋有一幅《校书图》，画一个学者一手持纸卷，一手拿着个小物件——看不清楚是簪子还是文具——在搔头发，仿佛踌躇不决。下首有个僮儿托盘送茶来。背景是包公案施公案插图中例有的，坐堂的官员背后的两折大屏风，上有朝服下缘的海涛图案。看上去他环境优裕。他校的书也许我们也不怎么想看。但是有点出人意表地，他赤着脚，地下两只鞋一正一反，显然是两脚互相搓抹着褪下来的，立刻使我想起南台湾两个老人脱了鞋坐在矮石墙上拉弦琴的照片，不禁悠然微笑。作为图画，这张画没有什么特色，脱鞋这小动作的意趣是文艺性的，极简单扼要地显示文艺的功用之一：让我们能接近否则无法接近的人。

在文字的沟通上，小说是两点之间最短的距离。就连最亲切的身边散文，是对熟朋友的态度，也总还要保持一点距离。只有小说可以不尊重隐私权。但是并不是窥视别人，而是暂时或多或少的认同，像演员沉浸在一个角色里，也成为自身的一次经验。

写反面人物，是否不应当进入内心，只能站在外面骂，或加以丑化？时至今日，现代世界名著大家都相当熟悉，对我们自己的传统小说的精深也有新的认识，正在要求成熟的作品，要求深度的时候，提出这样的问题该是多余的。但是似乎还是有在此一提的必要。

对敌人也需要知己知彼。不过知彼是否不能知道得太多？因为了解是原恕的初步？如果了解导向原宥，了解这种人也更可能导向鄙夷。缺乏了解，才会把罪恶神化，成为与上帝抗衡的魔鬼，神秘伟大的"黑暗世界的王子"。至今在西方"撒旦教派""黑弥撒"还有它的魅力。

这小说集里三篇近作其实都是一九五〇年间写的，不过此后屡经彻底改写，《相见欢》与《色，戒》发表后又还添改多处。《浮花浪蕊》最后一次大改，才参用社会小说做法，题材比近代短篇小说散漫，是一个实验。

这三个小故事都曾经使我震动，因而甘心一遍遍改写这么些年，甚至于想起来只想到最初获得材料的惊喜，与改写的历程，一点都不觉得这其间三十年的时间过去了。爱就是不问值得不值得。这也就是"此情可待成追忆，只是当时已惘然"了。因此结集时题名《惘然记》。

此外还有两篇一九四〇年间的旧作。联合报副刊主编痖弦先生有朋友在香港的图书馆里旧杂志上看到，影印了两篇，寄来问我是否可以再刊载。一篇散文《华丽缘》我倒是一直留着稿子在手边，因为部份写入《秧歌》，迄未发表。另一篇小说《多少恨》，是以前从大陆出来的时候不便携带文字，有些就没带出来。但是这些年来，这几篇东西的存在并不是没人知道，如美国学者耿德华（Edward Gunn）就早已在图书馆里看见，影印了送给别的嗜痂者。最近有人也同样从图书馆里的旧期刊上影印下来，擅自出书，称为"古物出土"，作为他的发现；就拿我当北宋时代的人一样，著作权可以径自据为己有。口气中还对我有本书里收编了几篇旧作表示不满，好像我侵犯了他的权利，身为事主的我反而犯了盗窃罪似的。

《多少恨》的前身是我的电影剧本《不了情》。原剧本没有了，附录另一只电影剧本《情场如战场》，根据美国麦克斯·舒尔曼(Max Shulman)著舞台剧 The Tender Trap（《温柔的陷阱》）改编的，影片一九五六年摄制，林黛陈厚张扬主演。

《多少恨》里有些对白太软弱，我改写了两段，另一篇旧作《殷宝滟送花楼会》实在太坏，改都无从改起。想不收入小说集，但是这篇也被盗印，不收也禁绝不了，只好添写了个尾声。不得不噜苏点交代清楚，不然读者看到双包案，不知道是怎么回事，还以为我在盗印自己的作品。

* 初载一九八三年四月台北《皇冠》第五十九卷第二期（总第三百五十期），原题《〈惘然记〉二三事》，收入一九八三年六月台北皇冠出版社《惘然记》改此题。

惘然记前记

这本小说集屡次易名，一度题作《传真》，与我的第一本小说集《传奇》排行。不料刚改写重抄了自序，一坐下来休息，随手翻看联副三十年大系中历任主编所著的一册，就赫然看见"传真文学"这名词。我孤陋寡闻，还当是自己独出心裁挪用的。

没办法，只好又改名《闲书》。小说一般视为消闲的书，但是题名《闲书》，也是说现实生活中一件事情发生，往往闲闲而来，乘人不备。小说模仿人生，所以我也希望做到貌似闲适，虽然出的事也许也不是大事，而是激起内心很大的波澜的小事。

在自序中解释了书题，刚眷清了，就在当天收到的航空版联合报上看见郁达夫有本著作叫《闲书》。有这么巧的事，也还真是运气，两次都及时看到。但是接连改写重抄，短短的一篇序也搅得人头昏脑胀，判断力受影响。最后定名《乱世纪》，其实还是不切合。虽然书中故事背景都在三四十年前动乱的时代，并不是写乱世。

《乱世纪二三事》寄出后又赶紧补封信去说还要改名，序文也要联带改。但是因为书中部分内容已经被盗印，势不能不早点出版，只缺书名。结果还是宋淇来信建议用《半生缘》原名《惘然记》，既然这里大都是改写多年的旧作，有惘然回顾的意味。那部长篇小说是叫《半生缘》比较切题。

于是又再添改自序寄去，但是为了配合出版日期，《乱世纪二三事》赶在四月号皇冠登出，只来得及换了个书名。联副认为这篇短文的定稿在单行本上出现前还有登载的价值，我是真觉得感愧，遵嘱说明此事历六的经过，如上。

*初载一九八三年五月二十六日《联合报》副刊，未收集，标题为本书所加。

信

《皇冠》我每一期从头看到尾，觉得中国实在需要这样一个平易近人而又制作谨严的杂志。即如新添的灵异世界一栏，那是最普遍有兴趣的题材。美国报纸上的逐日推命，不信星象学的人也都要看看自己今天的运气如何，这已经是一句老话了。《皇冠》上有些调查，当作人种学上的民俗迷信来看，也非常有趣味。最近有一篇关于白蒂·摩非（Bridey Murphy）转世投胎的事，一九五〇年间我只看了书评，错过了原文，幸而现在看到了译文，认为是所有的死而有知的记载中比较最可信的。白蒂夫妇感情很好，她六十六岁死后仍旧待在家里，直到她丈夫死了才走。但是并没等到他死，他们的神父先去世，死后来看他们，她就跟着他一同离开家。其实她并不信天主教，不过嫁了天主教徒。此后她回老家去探望她还在世的哥哥。老年人记远事不记近事，所以最接近自己的童年，因此她见到她早夭的弟弟——他太小，不认识他了。她知道她的丈夫死了，死后也并没找她。这种地方倒正可以感觉到亡魂的飘飘荡荡空茫无依，虽然能穿越空间，还是有无力感，也有一丝森冷，与人不尽相同，不可以常理度之。这是编故事的人再也编造不出的，连梦呓都梦想不到。

《皇冠》这样成功，仍旧大胆改进，在三十周年的前夕扩充篇幅，我还当是出了个特大号！皇冠丛书近年来大量译畅销书，我一直私底下在信上对朋友说这条路走得对，推远了广大读者群的地平线，书目中有许多我看过的，也有预备找来看的。相信皇冠这两支都前途无量。

　　＊初载一九八三年十二月《皇冠》第六十卷第四期（总第三百五十八期），未收集。

海上花的几个问题
——英译本序

　　《海上花》第一回开始，有一段自序，下接楔子。这"回内序"描写此书揭发商埠上海的妓女的狡诈，而毫不秽亵。在楔子中，作者花也怜侬梦见自己在海上行走，海面上铺满了花朵——很简单的譬喻，海上是"上海"二字颠倒，花是通用的妓女的代名词。在他的梦里，耐寒的梅花，傲霜的菊花，耐寂寞的空谷兰，出污泥而不染的莲花，反倒不如较低贱的品种随波逐流，禁不起风浪颠簸，害虫咬啮，不久就沉沦淹没了，使他伤感得自己也失足落水，而是从高处跌下来，跌到上海租界华界交界的陆家石桥上。他醒了过来，发现自己在桥上——而不是睡在床上，可见他还在做梦——下桥撞到一个急急忙忙冲上来的青年，转入正文。

　　楔子分明是同情有些妓女，与自序的黑幕小说观点有点出入。那一段前言当是传统中国小说例有的劝善惩淫的声明，如果题材涉及情欲。这开场白的体裁亦步亦趋仿效《红楼梦》的自序加楔子，而没有它的韵致与新意。《海上花》这一节与其他部分风格迥异，会使外国读者感到厌烦，还没开始就看不下去了；唯一的功用是引导汉学研究者误入歧途，去寻找暗含的神话或哲学。这部不大有人知道的杰作一八九四年出版，一九二〇年中叶又被胡适与其他的五四运动健将发掘出来，而又第二次绝版。我不免关心它在海外是否受欢迎，终于斗胆删去开首几页。

跋也为了同样的原因略去了，作者最不擅长描写风景。写景总是沿用套语，而在此处长篇累牍形容登山乐趣，不必攀登巅顶，一览无遗，藉以解释为什么他许多次要的情节都没有结局，虽然不难推断。

跋内算是有个访客询问沈小红黄翠凤的下场。他说她们的故事已经完了。

"若夫姚马之始合终离，朱林之始离终合，洪周马卫之始终不离不合，以至吴雪香之招夫教子，蒋月琴之创业成家，诸金花之淫贱下流，文君玉之寒酸苦命，小赞小青之挟赀远遁，潘三匡二之衣锦荣归；黄金凤之孀居，不若黄珠凤俨然命妇；周双玉之贵婿，不若周双宝儿女成行；金巧珍背夫卷逃，而金爱珍则恋恋不去；陆秀宝夫死改嫁，而陆秀林则从一而终：屈指悉数，不胜其劳。请俟初续告成，发印呈教。"

许下另作一部续书，所透露的内容，值得注意的是能帮助我们了解此书之处。第四十七回庆祝吴雪香有孕，葛仲英显然承认她怀着他的孩子。但是结果她在续书中另嫁别人——想必是社会地位较低的贫困的男子，否则不会入赘。但是即使葛仲英厌倦了她，以他的富贵，也绝不肯让自己的子女流落在外。若是替孩子安排另一个正当的家庭，而仍旧由生母抚养，遣嫁失宠的情妇是西方的习俗，中国没有的。如果他突然得病早殁——似乎是这情形——他的家族亲属也一定会跟她谈判，领养这婴儿。她不肯放弃她的儿子，而且为了他招赘从良，好让他出身清白，可见她的为人。

与齐大人的仆人小赞私会被撞破的神秘人物，显然是齐府如夫人的胞妹苏冠香的大姐小青，既然小赞小青在续书中私奔。擅演歌剧的女奴琪官正与冠香争宠，她看清楚了是小青，而不肯告诉主人，只说不是我们的人，表示不败坏门风，不必追究。代为隐瞒，顾到情敌的颜面，似乎太是个圣女。但当然是因为势力不敌，不敢结怨。心计之深，直到跋内才揭露。

周双宝嫁给南货店小开倪客人，办喜事应有尽有，"待以正室之礼"，当然不是正室了——还是说虽然娶的是妓女，仍应视为正室？

当时通行早婚，他虽然父亲还在世，而且仍旧掌管店务，书中并没提起过他年轻。当然，也许他是死了太太。但是我们知道续书中周双玉嫁了显贵作妾，就可以断定倪客人也使君有妇。双玉敲诈朱家，本来动机一半是气不伏双宝称心如意嫁了人。问题有点混淆不清：因为朱淑人无法履行诺言娶双玉为妻，她就逼他与她情死。虽然我们后来发现纯是为了勒索，还是有她不甘作妾的印象。敲诈到一万银元除赎身外，剩下的作嫁妆，足够她嫁任何人为妻，如果不太高攀的话。而仍旧作妾，可见不是争名分，不过是要马上嫁一个她自己看中的，又嫁得十分风光，出这口气。

胡适指出书中诗词与一篇秽亵的文言故事都是刻意穿插进去的。为了炫示作者在别方面的辞章之美。那篇小说中的小说几乎全文都是双关引用古文成语，如"血流漂杵"，原文指战场伤亡人数之多。不幸别的双关语不像这句翻得出。那些四书酒令也同样引经据典，而往往巧妙地别有所指。两首诗词的好处也只在用典圆熟自然，译文势必累赘，效果恰正相反。这几处是我唯一的删节。为了保持节奏，不让文气中断，删后再给补缀起来，希望看不出痕迹。

我久已熟悉这部书，但是直到译它的时候，才发现罗子富黄翠凤定情之夕，她是从另一个男子的床上起来相就的。在妓院里本来不算什么，但是仍旧有震撼力，由于长三堂子的浓厚的家庭气氛——么二的"妈"就不出现，只称"本家"，可男可女——尤其是经过翠凤那一番做作之后。此外还有几处像这样极度微妙的例子，我加的注解较近批注，甘冒介入之讥。

* 初载一九八四年一月三日《联合报》副刊，收入《续集》。

回顾倾城之恋

珍珠港那年的夏天，香港还是远东的里维拉，尤其因为法国的里维拉正在二次大战中。港大放暑假，我常到浅水湾饭店去看我母亲，她在上海跟几个牌友结伴同来到香港小住，此后分头去新加坡、河内，有两个留在香港，就此同居了。香港陷落后，我每隔十天半月远道步行去看他们，打听有没有船到上海。他们俩本人予我的印象并不深。写《倾城之恋》的动机——至少大致是他们的故事——我想是因为他们是熟人之间受港战影响最大的。有些得意的句子，如火线上的浅水湾饭店大厅像地毯挂着扑打灰尘，"拍拍打打"至今也还记得写到这里的快感与满足，虽然有许多情节已经早忘了。这些年了，还有人喜爱这篇小说，我实在感激。

＊初载一九八四年八月三日香港《明报》，未收集。

关于小艾

我非常不喜欢《小艾》。友人说缺少故事性，说得很对。原来的故事是另一婢女（宠妾的）被奸污怀孕，被妾发现后毒打囚禁，生下孩子抚为己出，将她卖到妓院，不知所终。妾失宠后，儿子归五太太带大，但是他憎恨她，因为她对妾不记仇，还对她很好。五太太的婢女小艾比他小七八岁，同是苦闷郁结的青少年，她一度向他挑逗，但是两人也止于绕室追逐。她婚后像美国畅销小说中的新移民一样努力想发财，共党来后怅然笑着说："现在没指望了。"

　　＊收入一九八七年五月台北皇冠出版社《余韵》，标题为本书所加。

续集自序

书名《续集》，是继续写下去的意思。虽然也并没有停止过，近年来写得少，刊出后常有人没看见，以为我搁笔了。

前些日子有人将埋藏多年的旧作《小艾》发掘出来，分别在台港两地刊载，事先连我本人都不知情。这逆转了英文俗语的说法："押着马儿去河边，还要揿着它喝水。"水的冷暖只有马儿自知。听说《小艾》在香港公开以单行本出版，用的不是原来笔名梁京，却理直气壮地擅用我的本名，其大胆当然比不上以我名字出版《笑声泪痕》的那位"张爱玲"。我一度就读于香港大学，后来因珍珠港事变没有完成学业；一九五二年重临香港，住了三年，都有记录可查。我实在不愿为了"正名"而大动干戈。出版社认为对《小艾》心怀叵测者颇不乏人，劝我不要再蹉跎下去，免得重蹈覆辙。事实上，我的确收到几位出版商寄来的预支版税和合约，只好原璧奉还，一则非常不喜欢这篇小说，更不喜欢以《小艾》名字单独出现，二则我的书一向归皇冠出版，多年来想必大家都知道。只怪我这一阵心不在"马"，好久没有在绿茵场上出现，以致别人认为有机可乘，其实仍是无稽之谈而已。

这使我想到，本人还在好好地过日子，只是写得较少，却先后有人将我的作品视为公产，随意发表出书，居然悻悻责备我不应发表自己的旧作，反而侵犯了他的权利。我无从想像富有幽默感如萧伯纳，大男子主义如海明威，怎么样应付这种堂而皇之的海盗行为。他们在英美荣膺诺贝尔文学奖，生前死后获得应有的版权保障。萧伯纳的《卖花女》在舞台上演后，改编成黑白电影，又改编成轻音乐剧《窈窕淑女》，再改编成七彩宽银幕电影，都得到版权费。海明威未完成的遗作经人整理后出版，他的继承人依旧享受可观的版税。如果他们遇到我这种情况，相信萧伯纳绝不会那么长寿，海明威的猎枪也会提前走火。

我想既然将旧作出版，索性把从前遗留在上海的作品选出一本文集，名之为《余韵》。另外自一九五二年离开上海后在海外各地发表而未收入书中的文章编成一集，名之为《续集》，免得将来再闹《红楼梦》中瞒赃的窃盗官司。

《谈吃与画饼充饥》写得比较细详，引起不少议论。多数人印象中以为我吃得又少又随便，几乎不食人间烟火，读后大为惊讶，甚至认为我"另有一功"。衣食住行我一向比较注重衣和食，然而现在连这一点偏嗜都成为奢侈了。至少这篇文章可以满足一部分访问者和在显微镜下"看张"者的好奇心。这种自白式的文章只是惊鸿一瞥，虽然是颇长的一瞥。我是名演员嘉宝的信徒，几十年来她利用化装和演技在纽约隐居，很少为人识破，因为一生信奉"我要单独生活"的原则。记得一幅漫画以青草地来譬喻嘉宝，上面写明"私家重地，请勿践踏。"作者借用书刊和读者间接沟通，演员却非直接面对观众不可，为什么作家同样享受不到隐私权？

《羊毛出在羊身上》是在不得已的情形下被逼写出来的。不少读者硬是分不清作者和他作品中人物的关系，往往混为一谈。曹雪芹的《红楼梦》如果不是自传，就是他传，或是合传，偏偏没有人拿它当小说读。最近又有人说，《色，戒》的女主角确有其人，证明我必有所据，而他说的这篇报导是近年才以回忆录形式出现的。当年敌伪特务斗争的内幕那里轮得到我们这种平常百姓知道底细？记得王尔德说过，"艺术并不模仿人生，只有人生模仿艺术。"我很高兴我在一九五三年开始构思的短篇小说终于在人生上有了着落。

《魂归离恨天》（暂名）是我为电懋公司写的最后一出剧本，没有交到导演手上，公司已告结束。多谢秦羽女士找了出来物归原主。Stale Mates（《老搭子》）曾在美国《记者》双周刊上刊出，亏得宋淇找出来把它和我用中文重写的《五四遗事》并列在一起，自己看来居然有似曾相识的感觉。故事是同一个，表现的手法略有出入，因为要迁就读者的口味，绝不能说是翻译。

最近看到不少关于我的话，不尽不实的地方自己不愿动笔澄清，本想请宋淇代写一篇更正的文章。后来想想作家是天生给人误解的，解释也没完没了，何况宋淇和文美自有他们操心的事。我一直牵挂他们的健康，每次写信都说"想必好了。"根本没有体察到过去一年（出《余韵》的时期）他们正在昏暗的隧道中摸索，现在他们已走到尽头，看见了天光，正是《续集》面世的时候。我觉得时机再好也没有。尤其高兴的是能借这个机会告诉读者：我仍旧继续写作。

* 收入《续集》。

草炉饼

前两年看到一篇大陆小说《八千岁》，里面写一个节俭的富翁，老是吃一种无油烧饼，叫做草炉饼。我这才恍然大悟，四五十年前的一个闷葫芦终于打破了。

二次大战上海沦陷后天天有小贩叫卖："马……草炉饼！"吴语"买""卖"同音"马"，"炒"音"草"，所以先当是"炒炉饼"，再也没想到有专烧茅草的火炉。卖饼的歌喉嘹亮，"马"字拖得极长，下一个字拔高，末了"炉饼"二字清脆迸跳，然后突然噎住。是一个年轻健壮的声音，与卖臭豆腐干的苍老沙哑的喉咙遥遥相对，都是好嗓子。卖馄饨的就一声不出，只敲梆子。馄饨是消夜，晚上才有，臭豆腐干也要黄昏才出现，白天就是他一个人的天下。也许因为他的主顾不是沿街住户，而是路过的人力车三轮车夫，拉塌车的，骑脚踏车送货的，以及各种小贩，白天最多。可以拿在手里走着吃——最便当的便当。

战时汽车稀少，车声市声比较安静。在高楼上遥遥听到这漫长的呼声，我和我姑姑都说过不止一次："这炒炉饼不知道是什么样子。"

"现在好些人都吃。"有一次我姑姑幽幽地说，若有所思。

我也只"哦"了一声。印象中似乎不像大饼油条是平民化食品，这是贫民化了。我姑姑大概也是这样想。

有一天我们房客的女佣买了一块，一角蛋糕似地搁在厨房桌上的花漆桌布上。一尺阔的大圆烙饼上切下来的，不过不是薄饼，有一寸多高，上面也许略撒了点芝麻。显然不是炒年糕一样在锅里炒的，不会是"炒炉饼"。再也想不出是个什么字，除非是"燥"？其实"燥炉"根本不通，火炉还有不干燥的？

《八千岁》里的草炉饼是贴在炉子上烤的。这么厚的大饼绝对无法"贴烧饼"。《八千岁》的背景似是共党来之前的苏北一带。那里的草炉饼大概是原来的形式，较小而薄。江南的草炉饼疑是近代的新发展，因为太像中国本来没有的大蛋糕。

战后就绝迹了。似乎战时的苦日子一过去，就没人吃了。

我在街上碰见过一次，擦身而过，小贩臂上挽的篮子，也就是主妇上街买菜的菜篮，篮子里盖着布，掀开一角露出烙痕斑斑点点的大饼，饼面微黄，也许一叠有两三只。白布洗成了匀净的深灰色，看着有点恶心。

匆匆一瞥，我只顾忙着看那久闻大名如雷贯耳的食品，没注意拎篮子的人，仿佛是个苍黑瘦瘠中年以上的男子。我也没想到与那年轻的歌声太不相称，还是太瘦了显老。

上海五方杂处，土生土长的上海人反而少见。叫卖吃食的倒都是纯粹本地口音。有些土著出人意表地肤色全国最黑，至少在汉族内。而且黑中泛灰，与一般的紫膛色不同，倒比较像南太平洋关岛等小岛（Micronesian）与澳洲原住民的炭灰皮色。我从前进的中学，舍监是青浦人——青浦与黄浦对立，但是想必也在黄浦江边——生得黑里俏，女生背后给她取的绰号就叫阿灰。她这同乡大概长年户外工作，又更晒黑了。

沿街都是半旧水泥街堂房子的背面，窗户为了防贼，位置特高，窗外装着凸出的细瘦黑铁栅。街边的洋梧桐，淡褐色疤斑的笔直的白圆筒树身映在人行道的细麻点水泥大方砖上，在耀眼的烈日下完全消失了。眼下遍地白茫茫晒褪了色，白纸上忽然来了这么个"墨半浓"的鬼影子，微驼的瘦长条子，似乎本来是圆脸，黑得看不清面目，乍见吓人一跳。

就这么一只篮子，怎么够卖，一天叫到晚？难道就做一篮子饼，小本生意小到这样，真是袖珍本了。还是瘦弱得只拿得动一只篮子，卖完了再回去拿？那总是住得近。这里全是住宅区紧接着通衢大道，也没有棚户。其实地段好，而由他一个人独占，想必也要走门路，警察方面塞点钱。不像是个乡下人为了现在乡下有日本兵与和平军，无法存活才上城来，一天卖一篮子饼，聊胜于无的营生。

这些我都是此刻写到这里才想起来的，当时只觉得有点骇然。也只那么一刹那，此后听见"马……草炉饼"的呼声，还是单纯地甜润悦耳，完全忘了那黑瘦得异样的人。至少就我而言，这是那时代的"上海之音"，周璇、姚莉的流行歌只是邻家无线电的嘈音，背景音乐，不是主题歌。

我姑姑有一天终于买了一块，下班回来往厨房桌上一撂，有点不耐烦地半恼半笑地咕噜了一声："哪，炒炉饼。"

报纸托着一角大饼，我笑着撕下一小块吃了，干敷敷的吃不出什么来。也不知道我姑姑吃了没有，还是给了房客的女佣了。

*初载一九八九年九月二十五日《联合报》副刊，收入一九九四年七月台北皇冠出版社《对照记》。

草炉饼后记

拙著《草炉饼》在联副刊出后，我看见插图上的小贩双肩绊带吊着大托盘，才想起来忘了加上一句：

"小贩臂上挽的篮子，也就是主妇上街买菜的菜篮，"

下句是添写的。

肩挂售货盘似是现代西方传入的。不论一九四〇初叶上海街头是否已有，也要下点本钱才能置备，这卖草炉饼的一切因陋就简，也决买不起。

顺便改正笔误："青浦与黄浦对立，想必都在黄浦江边"，下句应作"但是想必也在黄浦江边。"这么一篇短文还要疏忽出错，要向编者读者致歉。

*初载一九九〇年一月二十日《联合报》副刊，未收集。

"嗄？"？

在《联合报》副刊上看到我的旧作电影剧本《太太万岁》，是对白本。我当时没看见过这油印本，直到现在才发现影片公司的抄手代改了好些语助词。最触目的是许多本来一个都没有的"嗄"字。

《金瓶梅词话》上称菜肴为"嗄饭"，一作"下饭"（第四十二回，香港星海版第四七二页倒数第四行："两碗稀烂下饭"）。全回稍早，"下饭"又用作形容词："两食盒下饭菜蔬"（第四七一页第一行）。苏北安徽至今还保留了"下饭"这形容词，说某菜"下饭"或"不下饭"，指有些菜太淡，佐餐吃不了多少饭。

林以亮先生看到我这篇东西的原稿，来信告诉我上海话菜肴又称"下饭"，并引《简明吴方言词典》（一九八六年上海辞书社出版；吴语区包括上海——浦东本地——苏州、宁波、绍兴等江浙七地），第十页有这一条：

"下饭（宁波）

同'嗄饭'"

举一实例：

"宁波话就好，叫'下饭'，随便啥格菜，全叫'下饭'。"

（独脚戏《宁波音乐家》）

林以亮信上说："现代上海话已把'下饭'从宁波话中吸收了过来，成为日常通用的语汇，代替小菜或菜肴。上海人家中如果来了极熟的亲友，留下来吃饭，必说宁波话：'下饭呒交（读如高）饭吃饱。'意思是自己人，并不为他添菜，如果菜不够，白饭是要吃饱的。至于有些人家明明菜肴丰盛，甚至宴客，仍然这么说，就接近客套了。可是在日常生活的谈话中，下饭并不能完全取代小菜，例如'今朝的小菜哪能格整脚（低劣）！''格饭店的小菜真推扳！'还是用小菜而不用下饭。"

　　我收到信非常高兴得到旁证，当然也未免若有所失，发现我费上许多笔墨推断出一件尽人皆知的事实。总算没闹出笑话来，十分庆幸。我的上海话本来是半途出家，不是从小会说的。我的母语，被北边话与安徽话的影响冲淡了的南京话，就只有"下饭"作为形容词，不是名词。南京话在苏北语区的外缘，不尽相同。

　　《金瓶梅》中的"下饭"兼用作名词与形容词。现代江南与淮扬一带各保留其一。历代满蒙与中亚民族入侵的浪潮，中原冲洗得最彻底，这些古色古香的字眼荡然无存了。

　　《金瓶梅》里屡次出现的"䌷"（意即"薄"）字，如"䌷纱片子"，也是淮扬地区方言，当地人有时候说"薄䌷䌷的"。"䌷"疑是"绡"，古代丝织品，后世可能失传或改名。但是在这一带地方，民间仍旧有这么个印象，"绡"是薄得透明的丝绸，因此称"绡"就是极言其薄。

　　《金瓶梅》里的皖北方言有"停当（妥当）"、"投到（及至）"、"下晚（下午近日落时）"。我小时候听合肥女佣说"下晚"总觉得奇怪，下午四五点钟称"下晚"——下半夜？疑是古文"向晚"："向晚意不适，驱车登古原。夕阳无限好，只是近黄昏。"后人渐渐不经意地把"向"读作"下"。同是齿音，"向"要多费点劲从齿缝中迸出来。旧小说中通行的，没地域性的"晌午"，大概也就是"向午"。

已经有人指出《金瓶梅》里有许多吴语。似乎作者是"一个南腔北调人"（郑板桥诗），也可能是此书前身的话本形成期间，流传中原与大江南北，各地说书人加油加酱渲染的痕迹。

"嗄饭"与"下饭"通用，可见"嗄"字一直从前就是音"下"，亦即"夏"。晚清小说《海上花列传》中的吴语，语尾"嗄"字却音"贾"。娇滴滴的苏白"啥嗄？（什么呀？）"读如《水浒传》的"洒家"。

吴语"夏"、"下"同音"卧"，上声。《海上花》是写给吴语区读者看的。作者韩子云如果首创用"嗄"来代表这有音无字的语助词"贾"，不但"夏"、"贾"根本不同音，他也该顾到读者会感到混乱，不确定音"夏"是照他们自己的读法，还是依照官话。总是已有人用"嗄"作语助词，韩子云是借用的。

扬州是古中国的大城市，商业中心，食色首都。扬州厨子直到近代还有名，比"十里扬州路"上一路的青楼经久。"腰缠十万贯，骑鹤上扬州"，那种飘飘欲仙的向往，世界古今名城中有这魅力的只有"见了拿波里死也甘心"，与"好美国人死了上巴黎"。

扬州话融入普通话的主流，但是近代小说里问句语尾的"嗏"字是苏北独有的。"嗏"音"沙"或"舍"，大概本来就是"嗄"，逐渐念走了腔，变成"沙"或"舍"，唇舌的动作较省力。

"嗏"带点嗔怪不耐的意味，与《海上花》的"嗄"相同。因此韩子云也许不能算是借用"嗄"字，而是本来就是一个字，不过苏州扬州发音稍异。

无论是读"夏"或"贾","嘎"字只能缀在语尾，不能单独成为一个问句。《太太万岁》剧本独多自成一句的"嘎？"原文是"啊？"本应写作"啊（入声）？！"追问逼问的叱喝。但是因为我们都知道"啊"字有这一种用法，就不必啰唆注上"入声"，又再加上个惊叹号了。

《太太万岁》的抄手显然是嫌此处的"啊？"不够着重，但是要加强语气，不知为什么要改为"嘎？"而且改得兴起，顺手把有些语尾的"啊"字也都改成"嘎"。连"呀"也都一并改"嘎"。

旧小说戏曲中常见的"吓"字，从上下文看来，是"呀"字较早的写法，迄今"吓"、"呀"相通。我从前老是纳闷，为什么用"下"字偏旁去代表"呀"这声音。直到现在写这篇东西，才联带想到或许有个可能的解释：

全校本《金瓶梅词话》的校辑者梅节序中说："书中的清河，当是运河沿岸的一个城镇，生活场景较近南清河（今苏北淮阴）。《金瓶梅》评话最初大概就由'打谈的'在淮安、临清、扬州等运河大码头上说唱，听众多为客商、船夫和手艺工人。"

说书盛行始自运河区，也十分合理。河上的工商亟需比戏剧设备简单的流动的大众化娱乐。中国的白话文学起源于说唱的脚本。明朝当时的语助词与千百年前的"耶"、"乎"、"也"、"焉"自然不同，需要另造新字作为"啊"、"呀"这些声音的符号。苏北语尾有"嘎"。《金瓶梅》有"嘎"字而未用作语助词，但是较晚的其他话本也许用过。"嘎"字一经写入对白，大概就有人简写为"吓"，笔画少，对于粗通文墨的说书人或过录者便利得多，因此比"嘎"流行。流行到苏北境外，没有扬州话句尾的"嘎"，别处的人不知何指，以为就是最普遍的语尾"呀"。那时候苏州还没出了个韩子云，没经他发现"嘎"就是苏白句末发音稍异的"贾"，所以也不识"嘎"字缩写的"吓"，也跟着大家当作"呀"字使用。因而有崑曲内无数的"相公吓！""夫人吓！"

还有我觉得附带值得一提的：近年来台湾新兴出"吔"字语助词，其实是苏北原有的，因为不是国语，一直没有形之于文字。"吔"的字义接近古文"也"字。华中的这一个凋敝的心脏区似是汉族语言的一个积水潭，没很经过一波波边疆民族的冲激感染。苏北语的平仄与四声就比国语吴语准确。

《太太万岁》的抄手偏爱"嘎"字，而憎恶"嗳"字，原文的"嗳"统改"哎"或"唉"。

"嗳"一作"欸"，是偶然想起什么，唤起别人注意的轻呼声。另一解是肯定——"嗳"是"是的，""噢"是"是。"不过现代口语没有"是"字了，除了用作动词。过去也只有下属对上司，以及官派的小辈对长辈与主仆间（一概限男性）才称是。现在都是答应"噢。"

作肯定解的"嗳"有时候与"欸"同音"爱"，但是更多的时候音"A"，与"唯"押韵。"噢"与"诺"押韵。"嗳，嗳，""噢，噢，"极可能就是古人的唯唯诺诺，不过今人略去子音，只保留母音，减少嘴唇的动作，省力得多。

"哎"与"嗳"相通，而笔划较简，抄写较便。"嗳""哎"还有可说，改"唉"就费解了，"唉"是叹息声。

《太太万岁》中太太的弟弟与小姑一见倾心，小姑当着人就流露出对他关切，要他以后不要乘飞机——危险。他回答："好吧。哼哼！嘿嘿！"怎么哼哼冷笑起来？

此处大概是导演在对白中插入一声闭着嘴的轻微的笑声，略似"唔哼！"礼貌地，但是心满意足地，而且毕竟还是笑出声来："嘿嘿！"想必一时找不到更像的象音的字，就给添上"哼哼！"二字，标明节拍。当场指点，当然没错，抄入剧本就使人莫名其妙了。

对白本一切从简，本就要求读者付出太多的心力，去揣摩想像略掉的动作表情与场景。哪还禁得起再乱用语助词，又有整句整段漏抄的，常使人看了似懂非懂。在我看来实在有点伤心惨目，不然也不值得加上这么些个说明。

＊初载一九九〇年二月九日《联合报》副刊，收入《对照记》。

笑纹

一九七〇年间我在《皇冠》上看见一则笑话，是实事，虽然没有人名与政府机关名称等细节。这人打电话去，问部长可在这，请部长听电话。对方答道："我就是不讲。"这人再三恳求，还是答说："我就是不讲。"急了跟他理论，依旧得到同一答覆："我就是不讲。"闹了半天才明白过来他就是部长。

我看了大笑不止，笑得直不起腰来。此后足有十几年，一想起来就笑得眼泪出。我自己从前学生时代因为不会说上海话，国语也不够标准，在学校里饱受歧视，但是照样笑人家。

同是上海，浦东话在当时上海就认为可笑。上海话"甲底别"（脚底板）浦东话是"居底别"。同学模仿舍监的浦东口音，一声"居底别"就大家笑得东倒西歪。现在这一类的笑话不合世界潮流了。向来美国谐星的看家本领原是模仿各国移民与本土的黑人口音，但是所谓 ethnic jokes（少数民族的笑话）沾上了种族歧视的嫌疑，已经不登大雅之堂。虽然犹裔、日韩裔、波多黎各裔的笑匠仍旧大肆嘲笑他们上一代的乡音未改，毕竟自嘲又是一回事，别国还可以恣意取笑的似乎只有斯堪地那维亚的怪腔，一字一句都余音袅袅一扭一扭。没人抗议，也许也是因为瑞典挪威丹麦这三小国没自卑感，不在乎。他们的祖先维京海盗是最早的远洋航海家，在哥伦布之前已经发现新大陆。近代又出了个易卜生，现代话剧之父，又成为社会福利先进国，又有诺贝尔奖金。

其实我看各人笑其所笑，不必挑剔了。反正不论高乘幽默还是浅薄无聊，都源自笑人踏了香蕉皮跌一跤这基本喜剧局面。虽说"谑而不虐"，"谑"字从"言"从"虐"，也就是用语言表现的精神虐待。仓颉造字就仿佛已经深明古希腊"喜剧是恶意的"这定义了。

最近美国电视上报导医学界又重新发现大笑有益健康。大笑一次延长寿命多少天，还是论年论月，我没听清楚。不幸被人笑，我们心里尽管骂他们少见多怪，也只好付之一笑。便宜了他们，大笑一场将来大限已到的时候可以苟延性命若干天。我们譬如慈善家施药，即使不是"乐捐"。

《皇冠》还是每期都有笑话，前人笔记上的，今人亲身经历的，不止一栏。我倒无意中想起个题目 Laugh Lines（笑纹——眼角嘴边笑出来的皱纹——又一义是"招笑的几行字"）。可惜是英文，皇冠庆祝四十周年不能用作寿礼。

近年来《皇冠》变了很多，但是总在某一层面上反映海内外中国人的面貌，最新的近影。就连在大陆，稍一松泛大众就又露出本来面目，照样爱看。内容民族性与异国情调相间，那也是普遍的向往，尤其在青少年间。像电视时代前美国最具影响力的一两个综合性的流行杂志，中国还只此一家，别无分出。相信再过四十年，也还是有中国人的地方就有《皇冠》。即使有些读者有时候不感到共鸣，也会像我看了对自己说："哦……现在这样。"

　　* 初载一九九三年三月《皇冠》第四百六十九期，收入《对照记》。

对照记

——看老照相簿

"三搬当一烧"，我搬家的次数太多，

平时也就"丢三腊四"的，一累了精神涣散，

越是怕丢的东西越是要丢。

幸存的老照片就都收入全集内，

藉此保存。

张爱玲

【图一】左边是我姑姑，右边是堂侄女妞儿——她辈份小，她的祖父张人骏是我祖父的堂侄。我至多三四岁，因为我四岁那年夏天我姑姑就出国了，不会在这里。我的面色仿佛有点来意不善。

【图二】面团团的，我自己都不认识了。但是不是我又是谁呢？把亲戚间的小女孩都想遍了，全都不像。倒是这张藤几很眼熟，还有这件衣服——不过我记得的那件衣服是淡蓝色薄绸，印着一蓬蓬白雾。T字形白绸领，穿着有点傻头傻脑的，我并不怎么喜欢，只感到亲切。随又记起那天我非常高兴，看见我母亲替这张照片着色。一张小书桌迎亮搁在装着玻璃窗的狭窄的小洋台上，北国的阴天下午，仍旧相当幽暗。我站在旁边看着，杂乱的桌面上有黑铁水彩画颜料盒，细瘦的黑铁管毛笔，一杯水。她把我的嘴唇画成薄薄的红唇，衣服也改填最鲜艳的蓝绿色。那是她的蓝绿色时期。

我第一本书出版，自己设计的封面就是整个一色的孔雀蓝，没有图案，只印上黑字，不留半点空白，浓稠得使人窒息。以后才听见我姑姑说我母亲从前也喜欢这颜色，衣服全是或深或浅的蓝绿色。我记得墙上一直挂着的她的一幅油画习作静物，也是以湖绿色为主。遗传就是这样神秘飘忽——我就是这些不相干的地方像她，她的长处一点都没有，气死人。

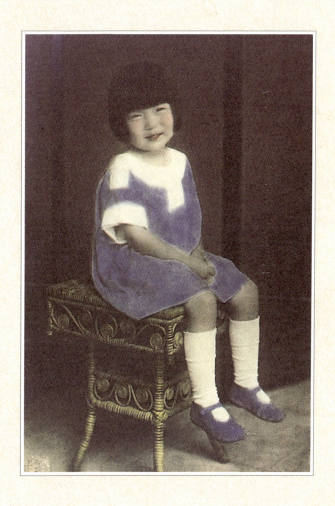

【图三】在天津家里，一个比较简朴的半旧花园洋房，没草坪。戴眼镜的是我父亲，我姑姑，余为我母亲与两个"大侄侄"，妞儿的弟兄们。

我母亲故后遗物中有我父亲的一张照片，被我丢失了。看来是直奉战争的时候寄到英国去的，在照相馆的硬纸夹上题了一首七绝，第一、第三句我只记得开首与大意：

才听津门（"金甲鸣"？是我瞎猜，"鸣"字大概也不押韵。）

又闻塞上鼓鼙声

书生（自愧只坐拥书城？）

两字平安报与卿

因为他娶了妾，又吸上鸦片，她终于藉口我姑姑出国留学需要女伴监护，同去英国，一去四年。他一直催她回来，答应戒毒，姨太太也走了。回来也还是离了婚。她总是叫我不要怪我父亲。

【图四】我喜欢我四岁的时候怀疑一切的眼光。

我母亲与姑姑去后，妞大侄侄与她众多的弟兄们常常轮流来看我和我弟弟，写信去告诉她们。

不光是过年过节，每隔些时老女仆也带我到他们家去。我弟弟小时候体弱多病，所以大都是我一个人去。路远，坐人力车很久才到。冷落偏僻的街上，整条街都是这一幢低矮的白泥壳平房，长长一带白墙上一扇黝黑的原木小门紧闭。进去千门万户，穿过一个个院落与院子里阴暗的房间，都住着投靠他们的亲族。虽然是传统的房屋的格式，简陋得全无中国建筑的特点。

房间里女眷站起来向我们微笑着待招呼不招呼，小户人家被外人穿堂入户的窘笑。大侄侄们一个都不见。带路的仆人终于把我们领到了一个光线较好的小房间。一个高大的老人永远坐在藤躺椅上，此外似乎没什么家具陈设。

我叫声"二大爷。"

"认多少字啦？"他总是问。再没第二句话。然后就是"背个诗我听。""再背个。"

还是我母亲在家的时候教我的几首唐诗，有些字不认识，就只背诵字音。他每次听到"商女不知亡国恨，隔江犹唱后庭花"就流泪。

他五十几岁的瘦小的媳妇小脚伶仃站在房门口伺候。他问了声"有什么吃哒？"她回说"有包子，有盒子。"他点点头，叫我"去玩去。"

她叫了个大侄侄来陪我，自去厨下做点心。一大家子人的伙食就是她一个人上灶，在旁边帮忙的女佣不会做菜。

"革命党打到南京，二大爷坐只箩筐在城墙上缒下去的，"我

家里一个年轻的女佣悄悄笑着告诉我。她是南京人。

多年后我才恍惚听见说他是最后一个两江总督张人骏。一九六〇初，我在一个美国新闻记者写的端纳传（《中国的端纳》，*Donald of China*）上看到总督坐箩筐缒出南京围城的记载，也还不十分确定是他，也许因为过去太熟悉了，不大能接受。书中写国民政府的端纳顾问初到中国，到广州去见他，那时候他是两广总督。端纳贡献意见大发议论，他一味笑着直点头，帽子上的花翎乱颤。那也是清末官场敷衍洋人的常态。

"他们家穷因为人多，"我曾经听我姑姑说过。

仿佛总比较是多少是个清官，不然何至于一寒至此。

我姑姑只愤恨他把妞大侄侄嫁给一个肺病已深的穷亲戚，生了许多孩子都有肺病，无力医治。妞儿在这里的两张照片上已经定了亲。

【图五】我弟弟这张照片背面印着英文明信片款式，显然是我母亲在英国的时候拿去制成明信片。这一张与她所有的着色的照片都是她自己着色的。

【图六】我们抱着英国寄来的玩具。他戴着给他买的草帽。

【图七】在天津的法国公园。

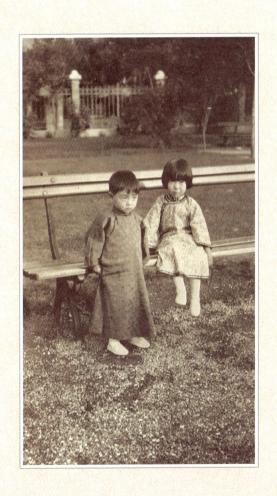

【图八】我们搬到上海去等我母亲、我姑姑回国。我舅舅家住在张家浜（音"邦"，俗字——近江海的水潭），未来的大光明戏院后面的卡尔登戏院后首的一个不规则的小型广场。叫张家浜，显然还是上海滩初开埠时节的一块沼泽地，后来填了土，散散落落造了几幢大洋房。年代久了，有的已经由住宅改为小医院。街口的一幢，楼下开了个宝德照相馆，也是曾经时髦过的老牌照相馆。我舅母叫三个表姐与表弟带我去合拍张照。

隆冬天气没顾客上门，冰冷的大房间，现在想起来倒像海派连台本戏的后台，墙上倚立着高大的灰尘满积的布景片子。

五个小萝卜头我在正中。还有个表妹最小，那天没去。她现在是电视明星张小燕的母亲。

【图九】我母亲与姑姑回国后和两个表伯母到杭州游西湖，也带了我跟我弟弟去。这是九溪十八涧。

【图十】我外婆是农家女，嫁给将门之子作妾——他父亲是湘军水师。她大概是他们原籍湖南长沙附近的人。他们俩都只活到二十几岁，孩子是嫡母带大的。

【图十一】民初妇女大都是半大脚，裹过又放了的。我母亲比我姑姑大不了几岁，家中同样守旧，我姑姑就已经是天足了，她却是从小缠足。（见图。背后站着的想必是婢女。）踏着这双三寸金莲横跨两个时代，她在瑞士阿尔卑斯山滑雪至少比我姑姑滑得好。（我姑姑说。）

她是个学校迷。我看茅盾的小说《虹》中三个成年的女性入学读书就想起她，不过在她纯是梦想与羡慕别人。后来在欧洲进美术学校，太自由散漫不算。一九四八年她在马来亚侨校教过半年书，都很过瘾。

她画油画，跟徐悲鸿蒋碧微常书鸿都熟识。

珍珠港事变后她从新加坡逃难到印度，曾经做尼赫鲁的两个姐姐的秘书。一九五一年在英国又一度下厂做女工制皮包。连我姑姑在大陆收到信都有点不知道说什么好，只向我悄悄笑道："这要是在国内，还说是爱国，破除阶级意识——"

她信上说想学会裁制皮革，自己做手袋销售。早在一九三六年她绕道埃及与东南亚回国，就在马来亚买了一洋铁箱碧绿的蛇皮，预备做皮包皮鞋。上海成了孤岛后她去新加坡，丢下没带走。我姑姑和我经常拿到屋顶洋台上去曝晒防霉烂，视为苦事，虽然那一张张狭长的蕉叶似的柔软的薄蛇皮实在可爱。她战后回国才又带走了。

我小时候她就自己学会做洋裁，也常见她车衣。但是她做皮包卖的计划似乎并未成功，来信没再提起。当时不像现在欧美各大都市都有青年男女沿街贩卖自制的首饰等等，也有打进高价商店与大百货公司的。后工业社会才能够欣赏独特的新巧的手工业。她不幸早了二三十年。

她总是说湖南人最勇敢。

【图十二】我母亲，一九二〇初叶在北京。

【图十三】在伦敦，一九二六。

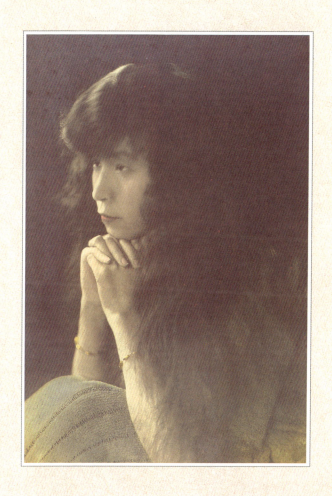

【图十四、十五】一九三〇初在西湖赏梅。

【图十六、十七】三〇中叶在法国。

【图十八】三〇末叶在海船上。

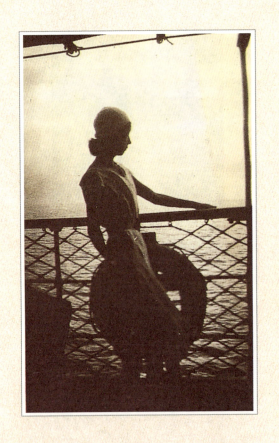

【图十九】我母亲离婚后再度赴欧，我姑姑搬到较小的公寓。本来两人合租的公寓没住多久，迁出前在自己设计的家具地毯上拍照留念。

【图二十】在我姑姑的屋顶洋台上。她央告我"可不能再长高了。"

她在照片背面用铅笔写着：

"我这张难看极了小煐很自然所以寄给你看看

这地方是气车间顶上小孩顽的地方

我们头顶上的窗就是我的 Sitting room 的。"

显然是她寄给我母亲同一照片寄出的一张上题字的底稿。

我再稍大两岁她就告诉我她是答应我母亲照应我的。她需要声明，大概也是怕我跟她比跟我母亲更亲近，成了离间亲子感情。

【图二十一】我穿着我继母的旧衣服。她过门前听说我跟她身材相差不远，带了两箱子嫁前衣来给我穿。

她父亲孙宝琦以遗老在段祺瑞执政时出任总理，即在北洋政府也算是"官声不好"的，不知怎么后来仍旧家境拮据。总不见得又是因为"家里人多"？他膝下有八男十六女。妻女都染上了阿芙蓉癖。我继母是陆小曼的好友，两人都是吞云吐雾的芙蓉仙子。婚后床头挂着陆小曼画的油画瓶花。她跟"赵四风流朱五狂"的朱氏姊妹也交好，谢媒酒在家里请客，她们也在座。

她说她的旗袍"料子都很好的"，但是有些领口都磨破了。只有两件蓝布大褂是我自己的。在被称为贵族化的教会女校上学，确实相当难堪。学校里一度酝酿着要制定校服，有人赞成，认为泯除贫富界限。也有人反对，因为太整齐划一了丧失个性，而且清寒的学生又还要多出一笔校服费。议论纷纷，我始终不置一词，心里非常渴望有校服，也许像别处的女生的白衬衫、藏青十字交叉背带裙，洋服中的经典作，而又有少女气息。结果学校当局没通过，作罢了。

一九六〇初叶我到台湾，看见女学生清一色的草黄制服，觉得比美国的女童军的墨绿制服帅气，有女兵的英姿。后来在台湾报上看到群情愤激要求废除女生校服，不禁苦笑。

我这论调有点像台湾报端常见的"你们现在多么享福，我们从前吃番薯签"，使年青人听多了生厌。不过我那都是因为后母赠衣造成一种特殊的心理，以至于后来一度 clothes-crazy（衣服狂）。

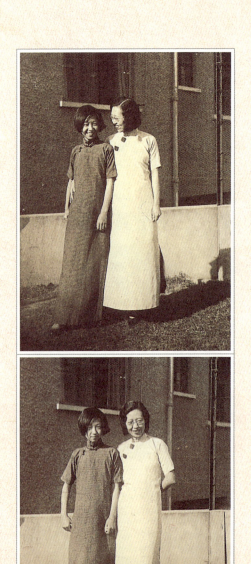

【图二十二】我祖母十八岁的时候与她母亲合影。她仿佛忍着笑，也许是笑钻在黑布下的洋人摄影师。

我弟弟永远比我消息灵通。我住读放月假回家，一见面他就报告一些亲戚的消息。有一次他仿佛抢到一则独家新闻似地，故作不经意地告诉我："爷爷名字叫张佩纶。"

"是哪个佩？哪个纶？"

"佩服的佩。经纶的纶，绞丝边。"

我很诧异这名字有点女性化，我有两个同学名字就跟这差不多。

不知道别处风俗怎样，我们祭祖没有神主牌，供桌上首只摆一排盖碗，也许有八九个之多。想必总有曾祖父母。当时不知道祖父还有两个前妻与一个早死的长子，只模糊地以为还再追溯到高祖或更早。偶尔听见管祭祀的老仆嘟囔一声某老姨太的生日，靠边加上一只盖碗，也不便问。他显然有点讳言似地，当着小孩不应当提姨太太的话，即使是陈年八代的。每逢"摆供"，他就先一天取出香炉蜡台桌围与老太爷老太太的遗像，挂在墙上。祖母是照片，祖父是较大的油画像。我们从小看惯了，只晓得是爷爷奶奶，从来没想到爷爷也有名字。

又一天我放假回来，我弟弟给我看新出的历史小说《孽海花》，不以为奇似地撂下一句："说是爷爷在里头。"

厚厚的一大本，我急忙翻看，渐渐看出点苗头来，专拣姓名音同字不同的，找来找去，有两个姓庄。是嫖妓丢官后，"小红低唱我吹箫"，在湖上逍遥的一个？看来是另一个，庄仑樵，也是"文学侍从之臣"，不过兼有言官的职权，奏参大员，参一个倒一个，一时满朝侧目。李鸿章——忘了书中影射他的人物的名字——也被他参过，因而"褫去黄马褂，拔去三眼花翎。"

中法战争爆发，因为他主战，忌恨他的人就主张派他去，在台湾福建沿海督师大败，大雨中头上顶着一只铜脸盆逃走。

李鸿章爱才不念旧恶，他革职充军后屡次接济他，而且终于把他弄了回来，留在衙中作记室。有一天他在签押房里惊鸿一瞥看见东家如花似玉的女儿，此后又有机会看到她作的一首七律，一看题目《鸡笼》，先就怵目惊心：

"鸡笼南望泪潸潸，闻道元戎匹马还。一战何容轻大计，四方从此失边关。……"

李鸿章笑着说了声"小女涂鸦"之类的话安抚他，却着人暗示他来求亲，尽管自己太太大吵大闹，不肯把女儿嫁给一个比她大二十来岁的囚犯。

我看了非常兴奋，去问我父亲，他只一味辟谣，说根本不可能在签押房撞见奶奶。那首诗也是捏造的。

我也听见过他跟访客讨论这部小说，平时也常跟亲友讲起"我们老太爷"，不过我旁听总是一句都听不懂。大概我对背景资料知道得太少。而他习惯地衔着雪茄烟环绕着房间来回踱着，偶尔爆出一两句短促的话，我实在听不清楚，客人躺在烟铺上自抽鸦片，又都只微笑听着，很少发问。

对子女他从来不说什么。我姑姑我母亲更是绝口不提上一代。他们在思想上都受五四的影响，就连我父亲的保守性也是有选择性的，以维护他个人最切身的权益为限。

我母亲还有时候讲她自己家从前的事，但是她憎恨我们家。当初说媒的时候都是为了门第葬送了她一生。

"问这些干什么？"我姑姑说。"现在不兴这些了。我们是叫没办法，都受够了，"她声音一低，近于喃喃自语，随又换回平常的声口："到了你们这一代，该往前看了。"

"我不过是因为看了那本小说觉得好奇，"我不好意思地分辩。

她讲了点奶奶的事给我听。她从小父母双亡，父亲死得更早。"爷爷一点都不记得了。"她断然地摇了摇头。

我称大妈妈的表伯母，我一直知道她是李鸿章的长孙媳，不过不清楚跟我们是怎么个亲戚。那时候我到她家去玩，总看见电话旁边的一张常打的电话号码表，第一格填写的人名是曾虚白，我只知道是个作家，是她娘家亲戚。原来就是《孽海花》作者曾孟朴的儿子！

她哥哥是诗人杨云史，他们跟李家是亲上加亲。曾家与李家总也是老亲了，又来往得这样密切。《孽海花》里这一段情节想必可靠，除了小说例有的渲染。

因为是我自己"寻根"，零零碎碎一鳞半爪挖掘出来的，所以格外珍惜。

【图二十三】我仅有的一张我祖父的照片已经泛黄褪色，大概不能制版。显然是我姑姑剪贴成为夫妇合影，各坐茶几一边，茶几一分为二，中隔一条空白。祖父这边是照相馆的布景，模糊的风景。祖母那边的背景是雕花排门，想是自己家里。她跟十八岁的时候发型服饰相同，不过脸面略胖些。

祭祖的时候悬挂的祖父的油画像比较英俊，那是西方肖像画家的惯技。但同是身材相当魁梧，画中人眼梢略微下垂，一只脚往前伸，像就要站起来，眉宇间也透出三分焦躁，也许不过是不耐久坐。照片上胖些，眼泡肿些，眼睛里有点轻蔑的神气。也或者不过是看不起照相这洋玩艺。

《孽海花》上的"白胖脸儿"在画像上已经变成赭红色，可能是因为饮酒过多。虽有"恩师"提携（他在书信上一直称丈人为"恩师"），他一直不能复出，虽然不短在幕后效力，直到八国联军指名要李鸿章出来议和，李鸿章八十多岁心力交瘁死在京郊贤良寺。此后他更纵酒，也许也是觉得对不起恩师父女。五十几岁就死于肝疾。

我又去问我父亲关于祖父的事。

"爷爷有全集在这里，自己去看好了，"他悻悻然说。

是他新近出钱拿去印的，几部书页较小的暗蓝布套的线装书。薄薄的一本本诗文奏章信札，充满了我不知道的典故，看了半天看得头昏脑胀，也看不出所以然来。

多年后我听见人说我祖父诗文都好，连八股都好，又忙补上一句："八股也有好的。"我也都相信。他的诗属于艰深的江西诗派，我只看懂了两句："秋色无南北，人心自浅深。"我想是写异乡人不吸收的空虚怅惘。有时候会印象淡薄得没有印象，也就是所谓

"天涯若梦中行耳。"

"爷爷奶奶唱和的诗集都是爷爷作的，"我姑姑说，"奶奶就只有一首集句是她自己作的：四十明朝过，犹为世网萦。蹉跎暮容色，煊赫旧家声。"

那时候孀居已久。她四十七岁逝世。

"我记得扒在奶奶身上，喜欢摸她身上的小红痣，"我姑姑说。"奶奶皮肤非常白，许多小红痣，真好看。"她声音一低。"是小血管爆裂。"

【图二十四】我父亲我姑姑与他们的异母兄合影。

我姑姑替她母亲不平。"我想奶奶是不愿意的。"

我太罗曼蒂克，这话简直听不进去。

我姑姑又道："这老爹爹也真是——！两个女儿一个嫁给比她大二十来岁的做填房，一个嫁给比她小六岁的，一辈子嫌她老。"

我见过六姑奶奶，我祖母唯一的妹妹，大排行第六。所以我看祖父的全集就光记得信札中的这一句："任令有子年十六，"因为是关于他小姨的婚事，大致是说恩师十分器重这任姓知县，有意结为儿女亲家。六姑奶奶比这十六岁的少年大六岁（按照数字学，六这数目一定与她的命运有关），应是二十二岁。我祖母也是二十三岁才定亲，照当时的标准都是迟婚，因为父亲宠爱，留在身边代看公文等等，去了一个还剩一个。李鸿章本人似乎没有什么私生活。太太不漂亮（见图二十二），那还是不由自己作主的，他唯一的一个姨太太据说也丑。二子二女也都是太太生的。

与她妹妹比起来，我祖母的婚姻要算是美满的了，在南京盖了大花园偕隐，诗酒风流。灭太平天国后，许多投置闲散的文武官员都在南京定居，包括我的未来外公家。大概劫后天京的房地产比较便宜。

我姑姑对于过去就只留恋那园子。她记得一听说桃花或是杏花开了，她母亲就扶着女佣的肩膀去看——家里没有婢女，因为反对贩卖人口。——后来国民政府的立法院就是那房子。

"爷爷奶奶写了本食谱，"我姑姑说。她只记得有一样菜是鸡蛋吸出蛋白，注入鸡汤再煮。我没细问，想必总是蛋壳上钻个小孔，插入麦管之类，由仆人用口吸出再封牢。鸡蛋清的凝聚力强，恐怕就钻两个孔也还是倒不出来。而且她确是说吸出来。《红楼梦》

上叫芳官吹汤小心不要溅上唾沫星子。叫人吸鸡蛋清即使闭着气，似乎也有点恶心。

我祖父母还合著了一本武侠小说，自费付印，书名我记不清楚是否叫《紫绡记》。当时戚友圈内的《孽海花》热迫使我父亲找出这部书来给他们与我后母看。版面特小而字大，老蓝布套也有两套数十回。书中侠女元紫绡是个文武双全的大家闺秀，叙述中常称"小姐"而不名。故事沉闷得连我都看不下去。

我祖父出身河北的一个荒村七家坨，比三家村只多四家，但是后来张家也可以算是个大族了。世代耕读，他又是个穷京官，就靠我祖母那一份嫁妆。他死过两个太太一个儿子，就剩一个次子，已经大了，给他娶的亲也是合肥人，大概是希望她跟晚婆婆合得来。

我父亲与姑姑丧母后就跟着兄嫂过，拘管得十分严苛，而遗产被侵吞。直到我父亲结了婚有了两个孩子之后，兄妹俩急于分家，草草分了家就从上海搬到天津，住得越远越好。

我八岁搬回上海，正赶上我伯父六十大庆，有四大名旦的盛大堂会，十分风光。

一九三〇中叶他们终于打析产官司。我从学校放月假回来，问我姑姑官司怎样了。她说打输了。我惊问怎么输了，因为她说过有充分的证据。

"他们送钱，"她简短地说。顿了一顿又道："我们也送。他们送得多。"

这张看似爷儿仨的照片，三人后来对簿公堂。再看司法界的今昔，令人想起法国人的一句名言，关于时移世变："越是变，越是一样。"

当时我姑姑没告诉我败诉的另一原因是我父亲倒戈。她始终不愿多说，但是显然是我后母趋炎附势从中拉拢，舍不得断了阔大伯这门至亲——她一直在劝和，抬出大道理来说"我们家弟兄姊妹这么多，还都这么和气亲热，你们才几个人？"——而且不但有好处可得，她本来也就忌恨我姑姑与前妻交情深厚，出于女性的本能也会视为敌人。

不过我父亲大概也怨恨他妹妹过去一直帮着嫂嫂，姑嫂形影不离隔离他们夫妇。向来离婚或失恋往往会怪别人，尤其是家属，不过一般都是对方的亲属。

【图二十五】我祖母带着子女合照。

带我的老女佣是我祖母手里用进来的最得力的一个女仆。我父亲离婚后自己当家，逢到年节或是祖先生日忌辰，常躺在烟铺上叫她来问老太太从前如何行事。她站在房门口慢条斯理地回答，几乎每一句开始都是"老太太那张（'辰光'皖北人急读为'张'）……"

我叫她讲点我祖母的事给我听。她想了半天方道："老太太那张总是想方（法）省草纸。"

也许现代人已经都没见过卫生纸流行以前的草纸，粗糙的草黄色大张厚纸上还看得见压扁的草叶梗，裁成约八寸见方，堆得高高的一叠备用。

我觉得大杀风景，但是也可以想像我祖母孀居后坐吃山空的恐惧。就没想到等不到坐吃山空。命运就是这样防不胜防，她的防御又这样微弱可怜。

沉默片刻，老女仆又笑道："老太太总是给三爷穿得花红柳绿的，满帮花的花鞋——那时候不兴这些了，穿不出去了。三爷走到二门上，偷偷地脱了鞋换上袖子里塞着的一双。我们在走马楼窗子里看见了，都笑，又不敢笑，怕老太太知道了问。"那该是光复后搬到上海租界上的房子，当时流行走马楼，二层楼房中央挖出一个正方的小天井。

"三爷背不出书，打噢！罚跪。"

孤儿寡妇，望子成龙嘛！

我父亲一辈子绕室吟哦，背诵如流，滔滔不绝一气到底，末了拖长腔一唱三叹地作结。沉默着走了没一两丈远，又开始背另一篇。听不出是古文时文还是奏摺，但是似乎没有重复的。我听着觉得心酸，因为毫无用处。

他吃完饭马上站起来踱步，老女佣称为"走趟子"，家传的助消化的好习惯，李鸿章在军中也都照做不误的。他一面大踱一面朗诵，回房也仍旧继续"走趟子"，像笼中兽，永远沿着铁槛兜圈子巡行，背书背得川流不息，不舍昼夜——抽大烟的人睡得晚。

我祖母给他穿颜色娇嫩的过时的衣履，也是怕他穿着入时，会跟着亲戚的子弟学坏了，宁可他见不得人，羞缩踧踖，一副女儿家的腼腆相。一方面倒又给我姑姑穿男装，称"毛少爷"，不叫"毛姐"。李家的小辈也叫我姑姑"表叔"，不叫表姑。

我姑姑说我祖母后来在亲戚间有孤僻的名声。因又悄声道："哪，就像这阴阳颠倒，那也是怪僻。"我现在想起来，女扮男装似是一种朦胧的女权主义，希望女儿刚强，将来婚事能自己拿主意。

她在祭祀的遗像中面容比这张携儿带女的照片更阴郁严冷。

"二爸爸怕她。"我姑姑跟着我叫我伯父二爸爸。

"奶奶说要恨法国人，"她淡淡地说。

又一次又道："奶奶说福建人最坏了。当时海军都是福建人，结了帮把罪名都推在爷爷身上。"

大概不免是这样想。后世谁都知道清朝的水师去打法国兵船根本是以卵击石。至今"中国海军"还是英文辞汇中的一个老笑话，极言其低劣无用的比喻。

西谚形容幻灭为"发现他的偶像有黏土脚"——发现神像其实是土偶。我倒一直想着偶像没有黏土脚就站不住。我祖父母这些地方只使我觉得可亲，可悯。

我没赶上看见他们，所以跟他们的关系仅只是属于彼此，一种沉默的无条件的支持，看似无用，无效，却是我最需要的。他们只静静地躺在我的血液里，等我死的时候再死一次。

我爱他们。

【图二十六】在港大。

一九三六年我母亲又回国一次，顺便安排我下年中学毕业后投考伦敦大学，就在上海西青会考试两天。因为家里不肯供给我出国留学，得先瞒着，要在她那里住两天，不然无法接连两天一早出外赴考。

她从来没干涉我弟弟的教育，以为一个独子，总不会不给他受教育。不料只在家中延师教读。

"连衖堂小学都苛捐杂税的，买手工纸都那么贵。"我听见我父亲跟继母在烟铺上对卧着说。

我弟弟四书五经读到《书经》都背完了才进学校，中学没念完就出去找事了。

我考试前一天跟我父亲说："姑姑叫我去住两天。"

那天刚巧我后母不在家。

明知我母亲与姑姑同住，我父亲旧情未断，只柔声应了声"唔，"躺着烧烟也没抬起眼来。

考完了回去，我继母藉口外宿没先问过她，挑唆我父亲打了一顿禁闭起来。我姑姑自从打官司被出卖，就没上门过，这次登门劝解，又被烟枪打伤眼睛，上医院缝了六针。

我终于逃出来投奔我母亲。去后我家里笑她"自扳砖头自压脚，"代背上了重担。

我考上了伦敦大学，欧战爆发不能去，改入香港大学。我母亲与姑姑托了工程师李开第作监护人，她们在英国就认识的老友，也就是我现在的姑父。

但是他不久就离开香港去重庆，改托他的一个朋友照应我，也是工程师，在港大教书，兼任三个男生宿舍之一的舍监。

他跟他太太就住在那宿舍里。我去见他们。他是福建人，国语不太纯熟。坐谈片刻，他打量了我一下，忽笑道："有一种鸟，叫什么……？"

我略怔了怔，笑道："鹭鸶。"

"对了。"他有点不好意思地笑着。

丑小鸭变成丑小鹭鸶，而且也不小了。

事实是我从来没脱出那"尴尬的年龄"(the awkward age)，不会待人接物，不会说话。话虽不多，"夫人不言，言必有"失。

【图二十七、二十八、二十九、三十】炎樱，一九四四年。

港大文科二年级有两个奖学金被我一个人独得，学费膳宿费全免，还有希望毕业后免费送到牛津大学读博士。刚减轻了我母亲的负担，半年后珍珠港事变中香港也沦陷了，学校停办。

我与同学炎樱结伴回上海，跟我姑姑住。炎樱姓摩希甸，父亲是阿拉伯裔锡兰人（今斯里兰卡），信回教，在上海开摩希甸珠宝店。母亲是天津人，为了与青年印侨结婚跟家里决裂，多年不来往。炎樱的大姨妈住在南京，我到他们家去过，也就是个典型的守旧的北方人家。

炎樱进上海的英国学校，任 prefect，校方指派的学生长，品学兼优外还要人缘好，能服众。

我们回到上海进圣约翰大学，她读到毕业，我半工半读体力不支，入不敷出又相差过远，随即辍学，卖文为生。

她有个小照相机，以下的七张照片都是她在我家里替我拍的，有一张经她着色。两人合影是在屋顶洋台上。

【图三十一、三十二】这两张照片里的上衣是我在战后香港买的广东土布，最刺目的玫瑰红上印着粉红花朵，嫩黄绿的叶子。同色花样印在深紫或碧绿地上。乡下也只有婴儿穿的，我带回上海做衣服，自以为保存劫后的民间艺术，仿佛穿着博物院的名画到处走，遍体森森然飘飘欲仙，完全不管别人的观感。做了不少衣服，连件冬大衣也没有，我舅舅见了，着人翻箱子找出一件大镶大滚宽博的皮袄，叫我拆掉面子，皮里子够做件皮大衣。"不过是短毛貂，不大暖和，"他说。

　　我怎么舍得割裂这件古董，拿了去如获至宝。（见图四十二）

【图三十三、三十四】一件花绸衣料权充裸肩的围巾。

【图三十五、三十六】炎樱想拍张性感的照片，迟疑地把肩上的衣服拉下点。上海人摄影师用不很通顺的英文笑问："Shame, eh?"

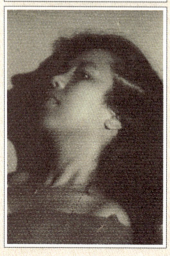

【图三十七、三十八、三十九、四十】我从来不戴帽子，也没有首饰。这里的草帽是炎樱的妹妹的，项链是炎樱的。同一只坠子在图四十一中也借给我戴。

【图四十一】一九四三年在园游会中遇见影星李香兰（原是日本人山口淑子），要合拍张照，我太高，并立会相映成趣，有人找了张椅子来让我坐下，只好委屈她侍立一旁。

《余韵》书中提起我祖母的一床夹被的被面做的衣服，就是这一件。是我姑姑拆下来保存的。虽说"陈丝如烂草"，那裁缝居然不皱眉，一声不出拿了去，照炎樱的设计做了来。米色薄绸上洒淡墨点，隐着暗紫凤凰，很有画意，别处没看见过类似的图案。

【图四十二、四十三】一九四四年业余摄影家童世璋与他有同好的友人张君——名字一时记不起了——托人介绍来给我拍照，我就穿那件唯一的清装行头，大袄下穿着薄呢旗袍。拍了几张，要换个样子。单色呢旗袍不上照，就在旗袍外面加件浴衣，看得出颈项上有一圈旗袍领的阴影。（为求线条简洁，我把低矮的旗袍领改为连续的圈领。）

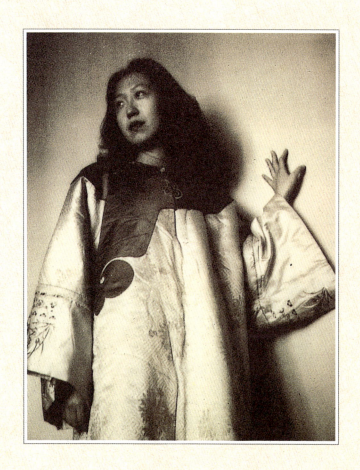

【图四十四】照片背面我自己的笔迹写着"1946，八月"，不然也不记得是什么时候炎樱在我家里给拍的。

我在港大的奖学金战后还在。进港大本来不是我的第一志愿，战后校中人事全非，英国惨胜，也在困境中。毕业后送到牛津进修也不过是当初的一句话。结果我放弃了没回去，使我母亲非常失望。

【图四十五】这张太模糊，我没多印，就这一张。我母亲战后回国看见我这些照片，倒拣中这一张带了去，大概这一张比较像她心目中的女儿。五〇末叶她在英国逝世，我又拿到遗物中的这张照片。

【图四十六】一九五〇或五一年，不记得是领什么证件，拍了这张派司照。

这时候有配给布，发给我一段湖色土布，一段雪青洋纱，我做了一件喇叭袖唐装单衫，一条裤子。去排班登记户口，就穿着这套家常衫裤。

街边人行道上搁着一张衖堂小学课室里的黄漆小书桌。穿草黄制服的大汉伛偻着伏在桌上写字，西北口音，似是老八路提干。轮到我，他一抬头见是个老乡妇女，便道："认识字吗？"

我笑着咕哝了一声"认识，"心里惊喜交集。不像个知识分子！倒不是因为身在大陆，趋时惧祸，妄想冒充工农。也并不是反知识分子。我信仰知识，就只反对有些知识分子的望之俨然，不够举重若轻。其实我自己两者都没做到，不过是一种愿望。有时候拍照，在镜头无人性的注视下，倒偶尔流露一二。

【图四十七】我姑姑，一九四〇末叶。我一九五二年离开大陆的时候她也还是这样。在我记忆中也永远是这样。

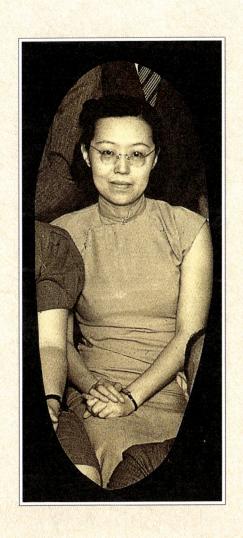

【图四十八】出大陆的派司照。

离开上海的前夕，检查行李的青年干部是北方人，但是似乎是新投效的，来自华中一带开办的干部训练班。

我唯一的金饰是五六岁的时候戴的一副包金小藤镯，有浅色纹路的棕色粗藤上镶着蟠龙蝙蝠。他用小刀刮金属雕刻的光滑的背面，偏偏从前的包金特别厚，刮来刮去还是金，不是银。刮了半天，终于有一小块泛白色。他瞥见我脸上有点心痛的神气，便道："这位同志的脸相很诚实，她说是包金就是包金。"

我从来没听见过这等考语。自问确是脂粉不施，穿着件素净的花布旗袍，但是两三个月前到派出所去申请出境，也是这身打扮，警察一听说要去香港，立刻沉下脸来，仿佛案情严重，就待调查定罪了。

幸而调查得不很彻底，没知道我写作为生，不然也许没这么容易放行。一旦批准出境，马上和颜悦色起来，因为已经是外人了，地位仅次于国际友人。像年底送灶一样，要灶王爷"上天言好事，"代为宣扬中共政府待人民的亲切体贴。

【图四十九】一九五四年我住在香港英皇道，宋淇的太太文美陪我到街角的一家照相馆拍照。一九八四年我在洛杉矶搬家理行李，看到这张照片上兰心照相馆的署名与日期，刚巧整三十年前，不禁自题"怅望卅秋一洒泪，萧条异代不同时。"

【图五十】一九五五年离开香港前。

我乘船到美国去，在檀香山入境检查的是个瘦小的日裔青年。后来我一看入境纸上的表格赫然填写着：

"身高六呎六吋半

体重一百另二磅"

不禁憎笑——有这样粗心大意的！五呎六吋半会写成为六呎六吋半。其实是个 Freudian slip（荪洛依德式的错误）。心理分析宗师荪洛依德认为世上没有笔误或是偶尔说错一个字的事，都是本来心里就是这样想，无意中透露的。我瘦，看着特别高。那是这海关职员怵目惊心的纪录。

【图五十一】一九六一年，在三藩市家里，能剧面具下。

【图五十二】一九六二年回香港派司照。摄影师是个英国老太太，曾经是滑稽歌舞剧（vaudeville）歌星，老了在三藩市开爿小照相馆。

【图五十三】这张照片背面打着印戳：

WAROLIN
of Paris
Portrait & Art Studio
2906 M Street, N. W.
Washington, D. C.
FE. 8-3227

　　我看着十分陌生，毫无印象，只记得这张照片是一九六六年离开华府前拍的。

【图五十四】一九六八年摄于波士顿。

以上的照片收集在这里唯一的取舍标准是怕不怕丢失，当然杂乱无章。附记也零乱散漫，但是也许在乱纹中可以依稀看得出一个自画像来。

悠长得像永生的童年，相当愉快地度日如年，我想许多人都有同感。

然后崎岖的成长期，也漫漫长途，看不见尽头。满目荒凉，只有我祖父母的姻缘色彩鲜明，给了我很大的满足，所以在这里占掉不合比例的篇幅。

然后时间加速，越来越快，越来越快，繁弦急管转入急管哀弦，急景凋年倒已经遥遥在望。一连串的蒙太奇，下接淡出。

其余不足观也已，但是我希望还有点值得一看的东西写出来，能与读者保持联系。

跋

　　写这本书，在老照相簿里钻研太久，出来透口气，跟大家一起看同一头条新闻，有"天涯共此时"的即刻感。手持报纸倒像绑匪寄给肉票家人的照片，证明他当天还活着。其实这倒也不是拟于不伦，有诗为证。诗曰：

　　　　人老了大都
　　　　是时间的俘虏，
　　　　被圈禁禁足。
　　　　它待我还好——
　　　　当然随时可以撕票。
　　　　一笑。

＊初载一九九三年十一月至一九九四年一月《皇冠》第四百七十七期、第四百七十八期、第四百七十九期，收入《对照记》。《跋》为该书第二版增补。

编辑之痒

前两天看到《皇冠》十二月号连载的拙著《对照记》（中），文内自诩沉默寡言而"言必有中"。这一段原文是：

"事实是我从来没脱出那'尴尬的年龄'（the awkward age），不会待人接物，不会说话。话虽不多，'夫人不言，言必有'失。"

本来末了没引语号，只是

"夫人不言，言必有失。"

宋淇教授看了原稿来信说"夫人"会被误认为自称夫人太太。我回信说我本来也担心不清楚，加上引语号，表明是引四书上这句名言，只更动一个字，就绝对不会误会了。不料函札往返讨论了半天，刊出后赫然返璞归真成为：

"夫人不言，言必有中。"

自嘲变成自吹自捧，尤其是认识我的人都知道我说话往往不得当，说我木讷还不服，大言不惭令人齿冷。

上一期刊出的还有地名张家浜改为张家滨，当是因为"兵""宾"同声，以为我嫌"滨"字笔画太多，独创一个简体字"浜"代替它。

"浜"这俗字音"邦"，大概是指江边或海边的水潭。上海人称 Pidgin English 为"洋泾浜"英文——洋人雇用的中国跑街仆役自成一家的英语，如"赶快"称 chop-chop，"午餐"称"剔芬"（tiffin），后者且为当地外侨采用。我小时候一直听见我父亲说"剔芬"，直到十几岁才知道英文"午餐"是"冷吃"（lunch）不是"剔芬"。"芬"想必就是"饭"，"剔"不知道是中国何地方言。这一种语言是五口通商以来或更早的十八世纪广州十三行时代就逐渐形成的，还有葡萄牙话的痕迹。

英文名言有"编辑之痒"（editorial itch）这名词。编辑手痒，似比"七年之痒"还更普遍，中外皆然。当然"浜"改"滨"，"言必有失"改"言必有中"不过是尽责的编者看着眼生就觉得不妥，也许礼貌地归之于笔误，径予改正。在我却是偶有佳句，得而复失，就像心口戳了一刀。明知一言既出，驷马难追，何况白纸黑字，读者先有了个印象，再辨正也晚了。

* 初载一九九三年十二月二十八日《联合报》副刊，未收集。

四十而不惑

皇冠纪念四十周年，编者来信要我写个祝福的小故事。我想来想去没有。

最初听到祝福这件事，是《圣经》上雅各的哥哥必须要老父祝福他，才有长子继承权，能得到全部家产。父亲对子女有祝福的威权，诅咒也一样有效。中国人的"善颂善祷"就只是说吉利话希望应验。我从前看鲁迅的小说《祝福》就一直不大懂为什么叫"祝福"。祭祖不能让寡妇祥林嫂上前帮忙——晦气。这不过是负面的影响。祭祀祈求祖宗保佑，也只能暗中保佑，没有祝福的仪式。

西方现在也只有开玩笑地或是老太太们表示感谢，轻飘地说声"上帝保佑！"或是"保佑你！"从来不好意思说整句的"上帝保佑你。"

中国人倒是说"四十而不惑。"西方人也说"生命在四十岁开始。"不老也还是要"不惑"才禁得起风险。世变方殷，变得越来越快。皇冠单凭它磨练出的眼光也会在转瞬沧海桑田间找到它自己的路，走向更广阔的地平线。

* 初载一九九四年二月《皇冠》第四百八十期，未收集。

忆西风
——第十七届时报文学奖特别成就奖得奖感言

得到《时报》的文学特别成就奖，在我真是意外的荣幸。这篇得奖感言却难下笔。三言两语道谢似乎不够恳切。不知怎么心下茫然，一句话都想不出来。但是当然我知道为什么，是为了从前《西风》的事。

一九三九年冬——还是下年春天？——我刚到香港进大学，《西风》杂志悬赏征文，题目是《我的……》，限五百字。首奖大概是五百元，记不清楚了。全面抗战刚开始，法币贬值还有限，三元兑换一元港币。

我写了篇短文《我的天才梦》，寄到已经是孤岛的上海。没稿纸，用普通信笺，只好点数字数。受五百字的限制，改了又改，一遍遍数得头昏脑胀。务必要删成四百九十多个字，少了也不甘心。

法国修道院办的女生宿舍，每天在餐桌上分发邮件。我收到杂志社通知说我得了首奖，就像买彩票中了头奖一样。宿舍里同学只有个天津来的蔡师昭熟悉中文报刊。我拿给她看，就满桌传观。本地的女孩都是圣斯提反书院毕业的，与马来西亚侨生同是只读英文，中文不过识字，不大注意这些。本地人都是阔小姐，内中周妙儿更是父亲与何东爵士齐名，只差被英廷封爵的"太平绅士"（这名词想必来自香港的太平山），买下一个离岛盖了别墅，她请全宿舍的同学去玩一天。这私有的青衣岛不在渡轮航线内，要自租小轮船，来回每人摊派十几块钱的船钱。我就最怕在学费膳宿与买书费外再有额外的开销，头痛万分，向修女请求让我不去，不得不解释是因为父母离异，被迫出走，母亲送我进大学已经非常吃力等等。修女也不能作主，回去请示，闹得修道院长都知道了。连跟我同船来的锡兰朋友炎樱都觉得丢人，怪我这点钱哪里也省下来了，何至于。我就是不会撑场面。

蔡师昭看在眼里，知道我虽然需要钱，得奖对于我的意义远大过这笔奖金，也替我庆幸。她非常稳重成熟，看上去总有二十几岁了。家里替她取名师昭，要她效法著《女训》的班昭，显然守旧。她是过来人，不用多说也能明白我的遭遇。

不久我又收到全部得奖名单。首奖题作《我的妻》，作者姓名我不记得了。我排在末尾，仿佛名义是"特别奖"，也就等于西方所谓"有荣誉地提及（honorable mention）"。我记不清楚是否有二十五元可拿，反正比五百字的稿酬多。

《我的妻》在下一期的《西风》发表，写夫妇俩认识的经过与婚后贫病的挫折，背景在上海，长达三千余字。《西风》始终没提为什么不计字数，破格录取。我当时的印象是有人有个朋友用得着这笔奖金，既然应征就不好意思不帮他这个忙，虽然早过了截稿期限，都已经通知我得奖了。

"我们中国人！"我对自己苦笑。

幸而还没写信告诉我母亲。

"不是头奖。"我讪讪地笑着把这份通知单给蔡师昭看。其实不但不是头奖，二奖三奖也都不是。我说话就是这样乏。

她看了也只咕哝了一声表示"怎么回事？"，没说什么，脸上毫无表情。她的一种收敛克制倒跟港大的英国作风正合适。她替我难堪，我倒更难堪了。

下学期她回天津去进辅仁大学，我们也没通讯。

《西风》从来没有片纸只字向我解释。我不过是个大学一年生。征文结集出版就用我的题目《天才梦》。

五十多年后，有关人物大概只有我还在，由得我一个人自说自话，片面之词即使可信，也嫌小器，这些年了还记恨？当然事过境迁早已淡忘了，不过十几岁的人感情最剧烈，得奖这件事成了一只神经死了的蛀牙，所以现在得奖也一点感觉都没有。隔了半世纪还剥夺我应有的喜悦，难免怨愤。现在此地的文艺奖这样公开评审，我说了出来也让与赛者有个比较。

*初载一九九四年十二月三日《中国时报·人间》，未收集。

笑纹后记

洛杉矶时报有个副刊题名 View（观赏），兼收社交时装占星，以及妇女问题信箱，书评与连环图画。一九九四年五月改名 Life and Style（生活与时尚），将流行名词 lifestyle（生活作风，一般专指豪华或放浪的生活作风）一分为二，既浑成又俏皮。又新辟一个笑话专栏 Laugh Lines，要读者听见什么笑话就寄给他们。我不是订户，只隔几天买份报，所以不太确定副刊改名的日期，反正大概是五月。

在这以前一年，一九九三年三月号的皇冠登载我这篇《笑纹》，文内说笑话专栏可以叫 Laugh Lines。现在洛杉矶华人多，不是不可能有皇冠读者向这美西第一大报建议采用这名称。当然也无法指控他们抄袭，只能相信纯属巧合。倒是我需要声明我不是剽窃。

顺便再提一声，这里的五篇散文前三篇是一九四四年的作品。头两篇是我将《倾城之恋》小说改编为舞台剧，上演时写的。

*据手稿。

重访边城

我回香港去一趟，顺便弯到台湾去看看。在台北下飞机的时候，没预备有认识的人来接。我叫麦先生麦太太不要来，因为他们这一向刚巧忙。但是也可能他们托了别人来接机，所以我看见一个显然干练的穿深色西装的人走上前来，并不感到诧异。

"你是李察·尼克逊太太？"他用英语说。

我看见过金发的尼克逊太太许多照片，很漂亮，看上去比她的年龄年青二三十岁。我从来没以为我像她，而且这人总该认得出一个中国女同胞，即使戴着太阳眼镜。但是因为女人总无法完全不信一句谀词，不管多么显与事实不符，我立刻想起尼克逊太太瘦，而我无疑地是瘦。也许他当作她戴了黑色假发，为了避免引起注意？

"不是，对不起，"我说。

他略一颔首，就转身再到人丛中去寻找。他也许有四十来岁，中等身材，黑黑的同字脸，浓眉低额角，皮肤油腻，长相极普通而看着很顺眼。

我觉得有点奇怪，尼克逊太太这时候到台湾来，而且一个人来。前副总统尼克逊刚竞选加州州长失败，在记者招待会上说了句气话："此后你们没有尼克逊好让你们踢来踢去了。"显然自己也以为他的政治生命完了。正是韬光养晦的时候，怎么让太太到台湾来？即使不过是游历，也要避点嫌疑。不管是怎么回事，总是出了点什么差错，才只有这一个大使馆华人干员来接她。

"你们可晓得尼克逊太太要来？"我问麦氏夫妇。他们到底还是来了。

"哦？不晓得。没听见说。"

我告诉他们刚才那人把我误认作她的笑话。麦先生没有笑。

"唔。"然后他有点不好意思地说："有这么个人老是在飞机场接飞机，接美国名人。有点神经病。"

我笑了起来，随即被一阵抑郁的浪潮淹没了，是这孤岛对外界的友情的渴望。

一出机场就有一座大庙，正殿前一列高高的白色水泥台阶，一个五六十岁的太太相当费劲地在往上爬，裹过的半大脚，梳着髻，臃肿的黑旗袍的背影。这不就是我有个中学同班生的母亲？麦先生正在问我"回来觉得怎么样？"我惊异地微笑，说："怎么都还在这儿？当是都没有了嘛！"除了年光倒流的感觉，那大庙几乎直盖到飞机场里，也增加了时空的混乱。当时没想到，送行怕飞机失事，要烧香求菩萨保佑，就像渔村为了出海打渔危险，必定要有妈祖庙一样。

我以前没到过台湾，但是珍珠港事变后从香港回上海，乘的日本船因为躲避轰炸，航线弯弯扭扭的路过南台湾，不靠岸，远远的只看见个山。是一个初夏轻阴的下午，浅翠绿的欹斜秀削的山峰映在雪白的天上，近山脚没入白雾中。像古画的青绿山水，不过纸张没有泛黄。倚在船舷上还有两三个乘客，都轻声呼朋唤友来看，不知道为什么不敢大声。我站在那里一动都不动，没敢走开一步，怕错过了，知道这辈子不会再看见更美的风景了。当然也许有更美的，不过在中国人看来总不如——没这么像国画。

轮船开得不快，海上那座山维持它固定的姿势，是否有好半天，还是不过有这么一会工夫，我因为实在贪看，唯恐下一分钟就没有了，竟完全没数，只觉得在注视，也不知道是注入还是注出，仿佛一饮而尽，而居然还在喝，还在喝，但是时时刻刻都可能发现衔着空杯。末了它是怎样远去或是隐没的，也不记得了，就那一个永远忘不了的印象。这些年后到台湾来，根本也没打听那是什么山。我不是登山者，也不想看它陆地上的背面。还是这样好。

"台北不美，不过一出城就都非常美，"麦先生在车上说。

到处是骑楼，跟香港一样，同是亚热带城市，需要遮阳避雨。罗斯福路的老洋房与大树，在秋暑的白热的阳光下树影婆娑，也有点像香港。等公车的男女学生成群，穿的制服乍看像童子军。红砖人行道我只在华府看到，也同样敝旧，常有缺砖。不过华盛顿的街道太宽，往往路边的两层楼店面房子太萎琐，压不住，四顾茫茫一片荒凉，像广场又没有广场的情调，不像台北的红砖道有温暖感。

麦氏夫妇知道我的脾气，也不特地请吃饭招待，只作了一些安排。要看一个陌生的城市，除了步行都是走马看花。最好是独行，但是像我这样不识方向的当然也不能一个人乱走。

午后麦太太开车先送麦先生上班，再带我到画家席德进那里去。麦太太是美国人，活泼泼地把头一摔，有点赌气地说："他是我最偏爱的一个人。(He's my favorite person.)"

她在大门口楼梯脚下哇啦一喊，席先生打着赤膊探头一看，有点不好意思地去穿上衬衫再招呼我们上楼。楼上虽然闷热，布置得简单雅洁，我印象中原色鬃漆的板壁很多，正是挂画的最佳背景。走廊就是画廊。我瞻仰了一会，太热，麦太太也没坐下就走了，席先生送她出去，就手陪我去逛街。

有席德进带着走遍大街小巷，是难求的清福。他默无一语，简直就像你一个人逍遥自在地散步，不过免除迷路的恐慌。钻进搭满了晾衣竿的狭巷，下午湿衣服都快干了，衣角偶而微凉，没有水滴在头上。盘花金色铁窗内望进去，小房间里的单人床与桌椅一览无余，浅粉色印花挂衣袋是美国没有的。好像还嫌不够近，一个小女孩贴紧了铁栅站在窗台上，一动也不动地望着我们挨身走过。也许因为房屋轻巧新建，像挤电梯一样挤得不郁塞，仿佛也同样是暂时的。

走过一个花园洋房，灰色砖墙里围着相当大的一块空地，有两棵大树。

"这里有说书的。时候还没到，"他说。

想必是露天书场，藤椅还没搬出来。比起上海的书场来，较近柳敬亭原来的树下或是茶馆里说书。没有粽子与苏州茶食，茶总有得喝？要经过这样的大动乱，才摆脱了这些黏附物——零食；雪亮的灯光下，两边墙上橱窗一样大小与位置的金框大镜，一路挂到后座，不但反映出台上的一颦一笑，连观众也都照得清清楚楚。大概为了时髦妓女和姨太太们来捧场，听完了一档刚下场就袅袅婷婷起身离去，全场瞩目，既出风头又代作广告。

经过一座庙，进去随喜。这大概是全世界最家常的庙宇，装着日光灯，挂着日历。香案上供着蛋杯——吃煮蛋用的高脚小白磁杯，想是代替酒盅。拜垫也就用沙发上的荷叶边软垫，没有蒲团。墙上挂着个木牌写着一排排的姓名，不及细看，不知是不是捐钱盖庙的施主。

祀的神中有神农，半裸，深棕色皮肤，显然是上古华南居民，东南亚人的远祖。神农尝百草，本来草药也大都是南方出产，北边有许多都没有。草药发明人本来应当是华南人。——是否就是"南药王"？——至于民间怎么会知道史前的华南人这么黑，只能归之于种族的回忆，浩如烟海的迷茫模糊的。我望着那长方脸黝黑得眉目不清的，长身盘腿坐着的神农，败在黄帝手中的蚩尤的上代，不禁有一种森森然的神秘感，近于恐惧。

神案上花瓶里插着塑胶线组成的镂空花朵。又插着一大瓶彩纸令旗，过去只在中秋节的香斗上看见过。该是道教对佛寺的影响。神殿一隅倚着搭戏台用的木材。

下一座庙是个古庙——当然在台北不会太古老。灰色的屋瓦白苍苍的略带紫蓝，色调微妙，先就与众不同。里面的神像现代化得出奇，大头，面目狰狞，帽子上一颗大绒球横斜，武生的戏装；身材极矮，从俯视的角度压缩了。与他并坐的一位索性没有下半身。同是双手搁在桌上，略去下肢的一个是高个子，躯干拉长了，长眉直垂到腮颊上。这决不是受后期印象派影响的现代雕塑，而是当年影响马蒂斯的日本版画的表亲或祖先。日本吸收中国文化，如汉字就有一大部份是从福建传过去的。闽南塑像的这种特色，后来如果失传了，那就是交通便利了些之后，被中原的主流淹没了。(注)

下首大玻璃柜里又有只淡黄陶磁怪龙，上颏奇长，长得像食蚁兽，如果有下颏，就是鳄鱼了，但是缺下颏，就光吐出个舌头。背上生翅，身子短得像四脚蛇。创造怪兽，似乎殷周的铜器之后就没有过？

这么许多疑问，现成有行家在侧，怎么不请教一声？仿佛有人说过，发问也要学问。我脑子一时转不过来，不过看着有点奇怪而已，哪问得出什么。连庙名没看清楚，也都没问是什么庙。多年后根据当时笔记作此文，席德进先生已经去世，要问也没处问了。那天等于梦游症患者，午睡游台北。反正那庙不会离席先生寓所太远，不然我也走不动。

麦家这两天有远客住在他们家，替我在山上的日式旅馆定了个房间，号称"将军套房"，将军上山来常住的。进房要经过一连串的小院子，都有假山石与荷池，静悄悄的一个人影子都不见。在房中只听见黄昏细雨打着芭蕉，还有就是浴室里石狮子嘴里流出的矿泉，从方柜形水泥浴缸口漫出来，泊泊溅在地上。房间里塌塌米上摆着藤家具。床上被单没换，有大块黄白色的浆硬的水渍。显然将军不甘寂寞。如果上次住在这里的是军人。我告诉自己不要太挑剔，找了脚头一块干净土蜷缩着睡，但是有臭虫。半夜里还是得起来，睡在壁龛的底板上——日式客厅墙上的一个长方形浅洞，挂最好的画，摆最好的花瓶的地方。下缘一溜光滑的木板很舒服，也不太凉。一觉睡到日上三竿，女服务生进来铺床，找不到我，吓了一大跳。

幸而只住了一夜。麦家托他们的一个小朋友带我到他家乡花莲观光，也是名城，而且有高山族人。

一下乡，台湾就褪了皮半卷着，露出下面较古老的地层。长途公共汽车上似乎全都是本省人。一个老妇人扎着地中海风味的黑布头巾、穿着肥大的清装袄袴、戴着灰白色的玉镯——台玉？我也算是还乡的复杂的心情变成了纯粹的观光客的游兴。

替我作向导的青年不时用肘弯推推我，急促地低声说："山地山地！"

我只匆匆一瞥，看到一个纤瘦的灰色女鬼，颊上刺青，刻出蓝色胡须根根上翘，翘得老高，背上背着孩子，在公路旁一爿店前流连。

"山地山地！"

吉卜西人似的儿童，穿着破旧的 T 恤，西式裙子，抱着更小的孩子。

"有日本电影放映的时候，他们都上城来了，"他说。

"哦？他们懂日文？"

"说得非常好。"

车上有许多乘客说日语。这都是早期中国移民，他们的年青人还会说日文的多得使人诧异。

公共汽车忽然停了，在一个"前不巴村，后不巴店"的地方。一个壮硕的青年跳下车去，车掌也跟着下去了。忽然打起架来，两人在地下翻滚。蓝天下，道旁的作物像淡白的芦梗矮篱似的齐臻臻的有二尺高。

"契咖茹哟！契咖茹哟！（搞错了哟！）"那青年在叫喊。

司机也下去了，帮着打他。

大概此地民风强悍。一样是中国人，在香港我曾经看见一个车掌跟着一个白坐电车的人下去，一把拉住他的西装领带，代替从前的辫子，打架的时候第一先揪的。但是那不过是推推搡搡辱骂恫吓，不是真动武。这次我从台湾再去香港，有个公车车掌被抓进警察局，因为有个女人指控他用车票打孔机打她。——他们向来总是把那件沉重的铁器临空扳得轧轧响，提醒大家买票。——那也还不是对打。香港这一点是与大陆一致的，至少是提倡"武斗"前的大陆。

这台湾司机与车掌终于放了那青年，回到车上来。

"他们说这人老是不买票，总是在这儿跳下去，"我的青年朋友把他们的闽南话译给我听。

挨打的青年站起来拍拍身上的灰尘。他的美军剩余物资的茶褐色衬衫撕破了。公车开走了，开过他身边的时候，他向它立正敬礼。他不会在日据时代当过兵，年纪不够大，但是那种奇异的敬意只有日本有。

观光客大都就看个教堂，在中国就是庙了。花莲的庙比台北还更家庭风味，神案前倚着一辆单车，花瓶里插着鸡毛掸帚。装置得高高的转播无线电放送着流行音乐。后院红砖阑干砌出工字式空花格子，衬着芭蕉，灯影里偶有一片半片蕉叶碧绿。后面厨房里昏黄的灯下，墙上挂着一串玲珑的竹片锁链，蒸馒头用的。我不能想像在蒸笼里怎么用，恨不得带回去拿到高级时装公司去推销，用作腰带。纯棉的瑞士花布如果乱红如雨中有一抹竹青，响应竹制衣带，该多新妍可喜！

花莲城隍庙供桌上的暗红漆筊杯像一副猪腰子。浴室的白磁砖墙。殿前方柱与神座也是白磁砖。横挡在神案前的一张褪色泥金雕花木板却像是古物中的精品。又有一对水泥方柱上刻着红字对联。忽然一抬头看见黑洞洞的天上半轮凉月——原来已经站在个小院子里。南中国的建筑就是这样紧凑曲折，与方方正正的四合院大不相同。月下的别院，不禁使人想起无数的庵堂相会的故事。

此地的庙跟台北一样，供香客插烛的高脚蜡台上都没装铁签——那一定是近代才有的。台湾还是古风，山字架的下截补换了新木，更显出上半的黯黑旧白木棍棒的古拙。有的庙就在木架上架只小藤箩，想必箩中可以站满蜡烛——一只都没有，但是揣

153

度木架的部位与高矮，不会不是烛台。因陋就简，还是当初移民的刻苦的遗风。

还有一个特点是神像都坐在神龛外，绣幔前面。乍看有点看不惯，太没掩蔽，仿佛丧失了几分神秘庄严。想来是神像常出巡，抬出抬进，天气又热，挥汗出力搬扛的人挨挨擦擦，会污损丝绸帐幔。我看见过一张照片上，庙门外挤满了人，一个穿白汗背心的中年男子笑着横抱着个长须神像，脸上的神情亲切，而仿佛不当桩事，并不肃然。此地的神似乎更接近人间，人比在老家更需要神，不但背乡离井，同荒械斗"出草"也都还是不太久以前的事，其间又还经过五十年异族的统治，只有宗教是还许可的。这里的人在时间与空间上都是边疆居民，所以有点西部片作风。我想起公共汽车旁的打斗。

花莲风化区的庙，荷叶边拜垫上镶着彩色补钉图案，格外女性化些。有一只破了的，垫在个大缸底下。高僧坐化也是在缸中火葬的，但是这里的缸大概是较日常的用途。缸上没有木盖，也许还是装自来水前的水缸。香案前横幅浮雕板上嵌满碎珊瑚枝或是海滩石子作背景。日光灯的青光下，绣花神幔上包着的一层玻璃纸闪闪发光。想必因为天气潮湿，怕丝绸腐烂。

夜间没有香客，当然是她们正忙的时候。殿外大声播送爵士乐，更觉冷冷清清。廊下一群庙祝高坐在一个小平台上，半躺在藤椅上翘着脚喝茶谈天。殿侧堆着锣鼓乐器，有一面大鼓上写着"特级"二字。

附近街上一座简陋的三层楼木屋，看上去是新造的，独门独户站在一小块空地上，门口挂着"甲种妓女户"门牌。窗内灯光雪亮，在放送摇滚乐。靠墙直挺挺两只木椅，此外一无所有。两个年青的女人穿着短旗袍，长头发披在背上，仿佛都是大眼睛高个子高胸脯，足有国际标准，与一个男子在跳摇滚舞。男子近中年了，胖胖的，小眼睛，有点猪相，拱着鼻子，而面貌十分平凡，穿着米色拉链夹克，随和地舒手舒脚，至多可以说跟得上。但是此地明明不是舞校，也许是他们自己人闲着没事做广告。

二等妓院就没有这么纯洁了。公共食堂大观园附设浴堂，想也就是按摩院，但是听说是二等妓院。楼下一排窗户里，有一张藤躺椅上铺着条毛巾被，通内室的门里有个大红织锦缎长旗袍的人影一闪。这样衣冠齐整怎么按摩？似乎与大城市的马杀鸡性质不同。

另一个窗户里有个男子裸体躺在藤椅上，只盖块大毛巾。又有个窗户里，一个人伛偻着在剪脚趾甲。显然不像大陆上澡堂子里有修脚的。既然是自理，倒不省点钱在家里剪，而在这春宵一刻值千金的时候且忙着去剪脚趾甲。虽然刚洗过澡指甲软些容易剪，也是大杀风景的小小豪举。

这一排窗户不知是否隔成小室的统间，下半截墙漆成暗绿色，上半截奶油色，壁上有只老式挂钟。楼下大敞着门，门前停着许多单车，歪歪斜斜互相偎倚着叠放。大门内一列深棕色柜台，像旅馆或医院挂号处。墙壁也漆成同样的阴暗的绿色，英美人称作"医院绿"的。

大概因为气候炎热需要通风，仿佛没有窗帘这样东西，一律开放展览。小电影院也只拉上一半铁门，望进去黑洞洞的一直看到银幕与两旁的淡绿色舞台幕。

风化区的照相馆门口高高下下挂满妓女的照片，有的学影星张仲文长发遮住半边脸，有的像刘琦，都穿着低领口夜礼服。又有同一人两张照片叠印的，清末民初盛行的"对我图"。

夜游后，次日再去看古屋。本地最古老的宅第是个二层楼红砖屋，正楼有飞檐，山墙上镶着湖绿陶磁挖花壁饰，四周簇拥着淡蓝陶磁小云朵。两翼是平房。场院很大，矮竹篱也许是后添的。院门站得远远的，是个小牌楼，上有飞檐，下面一对红砖方柱。

台湾仿佛一直是红砖，大概因为当地的土质。大陆从前都是青砖，其实是深灰色，可能带青灰。因为中国人喜爱青色——"青出于蓝而胜于蓝"——径称为青砖。红砖似是外来的，英国德国最普遍的，条顿民族建筑的特色。在台湾，红砖配上中国传统的飞檐与绿磁壁饰，于不调和中别有一种柔艳憨厚的韵味。

有个嘉庆年间的庙，最古的一翼封闭了，一扇门上挂着木牌，上写"办公处 Office"。侧面墙上有个书卷形小窗，两翼各嵌一只湖绿陶磁挖花壁饰作窗棂，中央的一枚想必砸破了，换装三根原木小棍子，也已经年深月久了，予人的感觉是原有的，整个的构图倒更朴拙有致。

又有一幢老屋，普通的窗户也用这种八角形绿磁挖花壁饰作窗棂，六只叠成两行。后加同色木栅保护，褪色的淡蓝木栅也仍旧温厚可爱，没有不调和。

小巷里，摇茶叶的妇人背着孩子在门前平台上席地围坐，大家合捧着个大扁篾篮，不住地晃动着。篮子里黑色的茶叶想必是乌龙，茶香十步外特别浓。另一家平台上堆满了旧车胎。印度也常有这种大门口的平台。

年青的朋友带我来到一处池塘，一个小棕榈棚立在水心。碧清的水中偶有两丛长草倒影。是农场还是渔塭？似乎我的导游永远都是沉默寡言，我不知道怎么也从来不问。

有个长发女郎站在亮蓝的水里俯身操作，一件橙黄桔绿的连衫裙卷到大腿上；面貌身材与那两个甲种妓女同一类型，不过纤巧清扬。除了电影里，哪有这等人物这身打扮作体力劳动的？如果我是贵宾来参观，就会疑心是"波田姆金的村庄"——俄国女皇凯萨琳二世的宠臣波田姆金（Potemkin）在女皇游幸途中遍植精雅的农舍，只有前面一堵假墙，又征集村姑穿着当地传统服装载歌载舞，一片升平气象。

这美人想必引人注目惯了，毫不理会我们眈眈遥视，过了一会，径自趟水进棚去了。我这才微弱地嗳呀了一声，带笑惊叹。那青年得意地笑了。

此地大概是美人多。一来早期移民本来是南国佳人，又有娶山地太太的高山族，至少是花莲的阿美族比著名出美人的峇里人还要漂亮。

我们沿着池边走到一个棕榈凉亭歇息，吃柚子。从来没吃过这样酸甜多汁的柚子，也许因为产地近，在上海吃到湖南柚子早已干了。我望着地下栏杆的阴影里一道道横条阳光。刚才那彩色阔银幕的一场戏犹在目前，疑幻疑真，相形之下，柚子味吃到嘴里真实得使人有点诧异。

同是边城，香港不像台湾有一水之隔，不但接壤，而且返乡探亲扫墓的来来去去络绎不绝，对大陆自然看得比较清楚。我这次分租的公寓有个大屋顶洋台，晚上空旷无人，闷来就上去走走，那么大的地方竟走得团团转。满城的霓虹灯混合成昏红的夜色，地平线外似有山外山遥遥起伏，大陆横躺在那里，听得见它的呼吸。

二房东太太是上海人，老是不好意思解释他们为什么要分租："我们都是寄包裹寄穷了呀！"

他们每月寄给她婆家娘家面条炒米咸肉，肉干笋干，砂糖酱油生油肥皂，按季寄衣服。有一种英国制即融方块鸡汤，她婆婆狂喜地来信说它"解决了我们一天两顿饭的一切问题"。砂糖他们用热水冲了吃作为补品。她弟弟在劳改营，为了窝藏一个国特嫌犯；写信来要药片治他的腰子病与腿肿。她妹妹是个医生，派到乡下工作。"她晚上要出诊，乡下地方漆黑，又高低不平，她又怕蛇——女孩子不就是这样。"她抱歉的声口就像是说她的两个女儿占用浴室时间太长，"女孩子不就是这样。"

　　我正赶上看见他们一次大打包。房东太太有个亲戚要回去，一个七十来岁的老太太，可以替他们带东西。她丈夫像牛仔表演捉小牛，用麻绳套住重物，挣扎得在地板上满地滚。房东太太烤了只蛋糕，又炖了一锅红烧肉。

　　"锅他们也用得着，"她说。

　　"一锅红烧肉怎么带到上海？"我说。

　　"冻结实了呀。火车像冰箱一样。"

　　她天亮就起来送行，也要帮着拎行李通过罗湖边境的检查。第二天她一看见我就叫喊起来："哈呀！张小姐，差点回不来喽！"

　　"嗳呀，怎么了？"

　　"嚇咦呀！先不先，东西也是太多，"她声音一低，用串通同谋的口气。"也是这位老太，她自己的东西实在多不过。整桶的火油，整箱的罐头，压成板的咸鱼装箱，衣裳被窝毯子，锅呀水壶，样样都有，够陪嫁摆满一幢房子的。关卡上的人不耐烦起来了。后来查到她皮夹子里有点零钱，人民票，还是她上趟回来带回来的，忘了人民票不许带出来的。夥咦！这就不得了了。'这是哪来的？哈？'嗯，'你这是什么意思？啊？'找上我了：'你是什么人？啊？

你跟她是什么关系，**哈**？你在这干什么，**啊**？'"房东太太虎起一张孩儿面，竖起一双吊梢眼，吼出那些"啊""哈"。"嗳呀我说我什么都不知道，我是来送行的——心里噎一直急得要死。"她皱着眉喷的一声，又把声音一低，窃窃私语道："这位老太有好几打尼龙袜子缝在她棉袍里。"

"带去卖？"

"不是，去送礼。女人穿在长裤里。"

"——看都看不见！"

"不是长统的。"她向她小腿上比划了一下。"送给干部太太。她总喜欢谁都送到。好能干呵，老太。她把香港拍的电影进口。给高干看的。要这么些钱干什么？哈？七十岁了，又没儿女，哈？"她笑了。

这时候正是大跃进后大饥荒大逃亡，五月一个月就有六万人冲出香港边界。大都是邻近地带的乡民。向来是农民最苦，也还是农民最苦。十年前我从罗湖出境的时候，看见乡下人挑着担子卖菜的可以自由出入，还羡慕他们。我们火车上下来的一群人过了罗湖桥，把证件交给铁丝网那边的香港警察。拿了去送到个小屋去研究，就此音信杳然。正是大热天，我们站在太阳地里等着。这香港警察是个瘦长的广东靓仔，戴着新款太阳眼镜，在大陆来的土包子眼中看来奇大的墨镜，穿的制服是短袖衬衫，百慕达短裤，烫得摺痕毕挺，看上去又凉爽又倨傲，背着手踱来踱去。中共站冈的兵士就在我们旁边，一个腮颊圆鼓鼓的北方男孩，穿着稀皱的太大的制服。大家在灼热的太阳里站了一个钟头之后，那小兵愤怒地咕噜了一句，第一次开口："让你们在外头等着，这么热！去到那边站着。"他用下颏略指了指后面一箭之遥，有一小块

159

阴凉的地方。

我们都不朝他看，只稍带微笑，反而更往前挤近铁丝网，仿佛唯恐遗下我们中间的一个。但是仍旧有这么一刹那，我觉得种族的温暖像潮水冲洗上来，最后一次在身上冲过。

我学生时代的香港，自从港战后回上海，废学十年，那年再回去，倒还没怎么改变，不过校园后面小山上的树长高了，中间一条砖砌小径通向旧时的半山女生宿舍，比例不同了，也有点"面熟陌生"。我正眼都没看它一眼，时间的重量压得我抬不起头来，只觉得那些拔高了的小杉树还有点未成年人的伶仃相，一个个都是暗绿的池中暗绿的喷泉向白色的天上射去，哐哐哗哗地上升，在那一刹那间已经把我抛下很远，缩小了而清晰异常，倒看的望远镜中人，远远的站在地下。没等这画面成形，我早已转身走开了。

这次别后不到十年，香港到处在拆建，邮筒半埋在土里也还照常收件。造出来都是白色大厦，与非洲中东海洋洲任何新兴都市没什么分别。偶有别出心裁的，抽屉式洋台淡橙色与米黄相间，用色胆怯得使人觉得建筑师与画家真是老死不相往来的两族。

想必满山都是白色高楼，半山的杜鹃花早砍光了。我从来没问起。其实花丛中原有的二层楼姜黄老洋房，门前洋台上褪了漆的木柱栏杆，掩映在嫣红的花海中，惨戚得有点刺目，但是配着碧海蓝天的背景，也另有一种凄梗的韵味，免得太像俗艳的风景明信片。

这种老房子当然是要拆，这些年来源源不绝的难民快把这小岛挤坍了，怎么能不腾出地方来造房子给人住？我自己知道不可理喻，不过是因为太喜欢这城市，兼有西湖山水的紧凑与青岛的整洁，而又是离本土最近的唐人街。有些古中国的一鳞半爪给保存了下来，唯其近，没有失真，不像海外的唐人街。

这次来我住在九龙，难得过海，怕看新的渡轮码头，从前光润的半旧枣红横条地板拆了，换了水泥地。本来一条长廊伸出海中，两旁隔老远才有一张玻璃盒装的广告画，冷冷清清介绍香烟或是将上映的影片。这么宝贵的广告空间，不予充份利用，大有谐星的 throwing line 的风度——越是妙语越是"白扔掉"，不经意地咕哝一声，几乎听不清楚。那一份闲逸我特别欣赏。

相形之下，新盖的较大的水泥建筑粗陋得惨不忍睹。我总是实在非过海不可，才直奔那家店铺，目不斜视。这样谋犹，自然见闻很少。

但是看来南下的外省人已经同化了。孩子们在学校里说广东话，在家里也不肯讲任何其他方言，正好不与父母交谈，别处的十几岁的人也许会羡慕他们有这藉口。

耶诞节他们跟同学当面交换圣诞卡片。社会上不是教徒也都庆祝，送礼，大请客。

报上十三妹写的专栏有个读者来信说："我今年十九岁。"一年前她父亲带她从华北逃出来，一路经过无数艰险，最后一程子路乘小船到澳门，中途被中共射击，父亲用身体遮着她，自己受了重伤，死在澳门的医院里。她到了香港，由父亲的一个朋友给找了个小事，每月约有一百元港币，只够租一个床位，勉强存活。"全香港只有我不过圣诞节，"她信上说。"请告诉我我是不是应当回大陆去。"

十三妹怎样回答的，不记得了，想必总是劝勉一番。我的反应是漫画上的火星直爆，加上许多"！"与"＃"，不管"＃"在这里是代表什么。当然也不值得这样大惊小怪，在封闭的社会里，年青人的无知，是外间不能想像的。连父母在家里有许多话也都不敢说，怕万一被子女检举。一到了香港的花花世界，十九岁的女孩正是爱美的年龄，想装饰自己的欲望该多强烈。冠盖满京华，斯人独憔悴，是真宁可回到"大家没得"的地方，少受点痛苦。不过一路出来，没有粮票路条，不靠亲友帮忙决走不了这么远。一回去追究起来，岂不害了这些恩人？

我觉得这是个非常好的故事，紧张，悲壮，对人性有讽刺性的结局。可惜我不会写。

临走我有个亲戚约了在香港饭店见一面，晚上七点半在大厅上泡壶红茶，叫了一盘小蛋糕。谈了一会，出来也才八点多。我得要买点廉价金饰带回去送人，听说就在后面一条街上就有许多金铺，开到很晚，顺便去一趟。在饭店门口作别，不往天星码头走，需要解释。表姑父听我说还要去买东西，有点错愕，但是显然觉得我也算是个老香港了，不便说什么，略一点头呵腰，就在灯光黯淡的门廊里一转弯消失了身影。

我循着门廊兜过去，踏上坡斜的后街往上爬，更黑洞洞起来，一个人影子都不见。香港也像美国了，一到了晚上，营业区就成了死城，行人绝迹，只有汽车风驰电掣来往。这青石板山道斜度太陡，不通车，就一片死寂。

到底是中环，怎么这么黑？我该不是第一次发现我有夜盲症，但还是不懂怎么没走过几家门面，顿时两眼漆黑。小时候天色黄昏还在看书，总听见女佣喊叫："再看要鸡茅（盲？）子眼啦！""开了灯不行吗？""开了灯也是一样！"似乎是个禁忌的时辰。只知道狗的视力不佳，鸡是天一黑就看不见了？也许因此一到晚上"鸡栖于埘"，必须回到鸡窝去。照理在光线不足的地方看书，只会近视。黄昏的时候看书就得夜盲症，那是个禁忌的时辰，仿佛全凭联想，不科学。但是事实是我傍晚下台阶就看不清楚梯级，戴着眼镜也没用。不过一向没注意，这下子好！——正赶着这时候壮着胆子不去想香港那些太多的路劫的故事，索性瞎了眼乱闯，给捅一刀也是自讨的。

都怪我不肯多跑一趟，怕过海，要两次并一次，这么晚才去买东西。谁叫你这样感伤起来，我对自己说。就有那么些感情上的奢侈！怕今昔之感，就不要怕匝颈路劫。活该！

道旁该都是些旧式小店，虽然我这次回来没来过。楼上不会不住人，怎么也没有半点灯光？也是我有点心慌意乱，只顾得脚下，以及背后与靠边的一面随时可能来的袭击，头上就不理会了，没去察看有没有楼窗漏出灯光，大概就有也稀少微弱，而且静悄悄的声息毫无。

要防街边更深的暗影中窜出人来，因此在街心只听见石板路的渐渐的脚步声。古老的街道没有骑楼，毕直，平均地往上斜，相当阔，但是在黑暗中可宽可窄，一个黑胡同。预期的一拳一脚，或是一撞，脑后一闷棍，都在蓄势跃跃欲试，似有若无，在黑暗中像风吹着柔软的汽球，时而贴上脸来，又偶一拂过头发，擦身而过，仅只前前后后虚晃一招。

这不是摆绸布摊的街吗？方向相同，斜度相同。如果是的，当然早已收了摊子，一点痕迹都不留。但是那样乡气的市集，现在的香港哪还会有？现在街上摆地摊的只有大陆带出来的字画，挂在墙上。事隔二十年，我又向来不认识路，忘了那条街是在娱乐戏院背后，与这条街平行。但是就在这疑似之间，已经往事如潮，四周成为喧闹的鬼市。摊子实在拥挤，都向上发展，小车柜上竖起高高的杆柱，挂满衣料，把沿街店面全都挡住了。

在人丛里挤着，目不暇给。但是我只看中了一种花布，有一种红封套的玫瑰红，鲜明得烈日一样使人一看就瞎了眼，上面有圆圆的单瓣浅粉色花朵，用较深的粉红密点代表阴影。花下两片并蒂的黄绿色小嫩叶子。同样花还有碧绿地子，同样的粉红花，黄绿叶子；深紫地子，粉红花，黄绿叶子。那种配色只有中国民间有。但是当然，非洲人穿的犷野原始图案的花布其实来自英国曼彻斯特的纺织厂——不过是针对老非洲市场，投其所好。英国人仿制的康熙青花磁几可乱真。但是花洋布不会掉色。与我同去的一个同学用食指蘸了唾沫试过了。是土布。我母亲曾经喜欢一种印白竹叶的青布，用来做旗袍，但是那白竹叶上腻着还没掉光的石膏，藏青地子沾着点汗气就掉色，皮肤上一块乌青像伤痕。就我所知，一九三〇年间就剩这一种印花土布了。香港这些土布打哪来的？如果只有广东有，想必总是广州或是附近城镇织造的。但是谁穿？香港山上砍柴的女人也跟一切广东妇女一样一身黑。中上等妇女穿唐装的，也是黑香云纱衫裤，或是用夏季洋服的浅色细碎小花布。校区与中环没有婴儿，所以一时想不到。买了三件同一个花样的——实在无法在那三个颜色里选择一种——此外也是在这摊子上，还买了个大红粉红二色方胜图案的白绒布，连我也看得出这是婴儿襁褓的料子。原来这些鲜艳的土布是专给乳婴做衣服的，稍大就穿童装了。

广州在清初"十三行"时代——十三个洋行限设在一个小岛上，只准许广州商人到岛上交易——是唯一接近外国的都市，至今还有炸火腿三明治这一味粤菜为证。他们特有的这种土布，用密点绘花瓣上的阴影，是否受日本的影响？我只知道日本衣料设计惯用密圈，密点不确定。如果相同，也该是较早的时候从中国流传过去的，因为日本的传统棉布向来比较经洗，不落色，中国学了绘图的技巧，不会不学到较进步的染料。

看来这种花布还是南宋迁入广东的难民带来的，细水长流，不绝如缕，而且限给乳婴穿。

我从前听我姑姑说："天津乡下女人穿大红扎脚裤子，真恶心！"那风沙扑面的黄土平原上，天津近海，想必海风扫荡下更是荒瘠不毛之地。人对色彩的渴望，可想而知。但看传统建筑的朱栏，朱门，红楼，丹墀，大红漆柱子，显然中国人是爱红的民族。——虽说"大红大绿"，绿不过是陪衬，因为讲究对称。几乎从来没有单独大块的绿色的——但是因为衣服比房舍更接近个人，大红在新房新妇之外成了禁条。

当时亲戚家有个年纪大的女仆，在上海也仍旧穿北方的扎脚裤。"老李婆的扎脚裤尿臊臭，"我姑姑也听见过这笑话。老年人本来邋遢，帮佣生涯也一切马虎，扎脚裤又聚气。北边乡下缺水，天又冷，不大能洗澡。大红棉裤又容易脏，会有黑隐隐的垢腻痕。也许是尿臊臭的联想加上大红裤子的挑逗性，使我姑姑看了恶心。

唐宋的人物画上常有穿花衣服的，大都是简化的团花，可能并不忠实复制原来的图案。衣服几乎永远是淡赭色或是淡青，石青，石绿。出名的"青衣""乌衣"从来没有。是否是有一种不成文法的自我约束？

中国固有的丝绸棉布都褪色，所以绝大多数的人在绝大多数的时候都是穿褪色的衣服，正如韩国的传统服装是白色，因为多山的半岛物产不丰，出不起染料钱。中国古画中人物限穿淡赭，石青，石绿，淡青，原来是写实的，不过是褪了色的大红大绿深青翠蓝。中国人最珍爱的颜色。"青出于蓝而胜于蓝","红男绿女"——并不是官员才穿大红袍的。后人作画墨守成规,于是画中人穿那寥寥几种轻淡的颜色。当然,这不是说这些冲淡的色调是不适合国画的风格。

明末清初冒辟疆在回忆录中写董小宛"衣退红衫"观潮,众人望之如凌波仙子。我一向以为"退红"是最淡的粉红,其实大概也就是淡赭色,不过身为名妓,她当然只穿新衣,是染就的淡赭红,穿着更亭亭入画。

倒不是绘画的影响,而是满清入关,满人不是爱红的民族,清宫的建筑与室内装修的色调都趋向苍淡,上行下效,一方面物极必反,汉人本来也已穿厌了"鲜衣"。有这句谚语:"若要俏,须带三分孝。"白娘娘如果不是新寡,也就不可能一身白;成了她的招牌。《海上花》里的妓女大都穿湖色,也有穿鱼肚白,"竹根青"(泛青的淡黄褐色)的;小家碧玉赵二宝与她哥哥都穿月白。书中丧礼布置用湖色月白。显然到了晚清,上海的妓院与附近一带的小户人家已经没这些忌讳了。

鲜艳的色彩只有保守性的乡农仍旧喜爱,沦为没有纪录的次文化。此外大红大绿只存在于婚礼中,而婚礼向来是古代习俗的废纸篓,"儿女英雄传"中安老爷的考据,也都是当时已经失传的仪节了。"洞房"这名词甚至于上溯到穴居时代,想必后来有了房屋,仍旧照上代的习惯送一对新人到山洞中过夜。洞房又称"青庐",想必到了汉朝人烟稠密,安全清静的山洞太少,就在宅院中用青翠的树枝搭个小屋,仿效古人度夏或是行猎放牧的临时房舍。

从什么时候起,连农民也屏弃鲜艳的色彩,只给婴儿穿天津乡下女人的大红裤子,附近有一处妇女画春宫为副业——我虽只知道杨柳青的年画——都是积习相沿，同被视为陋俗。原因许是时装不可抗拒的力量，连在乡下，浓艳的彩色也终于过了时，嫌土头土脑了。但是在这之前，宋明理学也已经渗透到社会基层，女人需要处处防闲，不得不韬光养晦，珍爱的彩色只能留给小孩穿。而在一九四〇年的香港，连穷孩子也都穿西式童装了，穿传统花布的又更缩到吃奶的孩子。

当时我没想到这么多，就只感到狂喜，第一次触摸到历史的质地——暖厚黏重，不像洋布爽脆——而又不像一件古董，微凉光滑的，无法在上面留下个人的痕迹；它自有它完整的恒古的存在，你没份，爱抚它的时候也已经被抛弃了。而我这是收藏家在古画上题字，只有更"后无来者"——衣料裁剪成衣服，就不能再属于别人了。我拿着对着镜子比来比去，像穿着一幅名画一样森森然，飘飘然。

是什么时候绝迹于中原与大江南北，已经不可考了。港战后被我带回上海，陆续做了衣服穿，一般人除了觉得怪，并不注意，只有偶而个把小贩看了似曾相识，凝视片刻，若有所悟，脸上浮出轻微的嘲笑。大概在乡下见过类似的破布条子。

共产党来了以后，我领到两块配给布。一件湖色的，粗硬厚重得像土布，我做了件唐装喇叭袖短衫，另一件做了条雪青洋纱裤子。那是我最后一次对从前的人牵衣不舍。当然没穿多久就黯败褪色了。像抓住了古人的衣角，只一会工夫，就又消失了。

排队登记户口。一个看似八路军的老干部在街口摆张小学校的黄漆书桌，轮到我上前，他一看是个老乡，略怔了怔，因似笑非笑问了声："认识字吗？"

我点点头，心里很得意。显然不像个知识份子。

而现在，这些年后，忽然发现自己又在那条神奇的绸布摊的街上，不过在今日香港不会有那种乡下赶集式的摊贩了。这不正是我极力避免的，旧地重游的感慨？我不免觉得冤苦。可冒身体发肤的危险去躲它，倒偏偏狭路相逢，而且是在这黑暗死寂的空街上，等于一同封死在铁桶里，再钟爱的猫也会撕裂你的脸，抓瞎你的眼睛。幸而我为了提心吊胆随时准备着被抢劫，心不在焉，有点麻木。

而且正在开始疑心，会不会走错路了？通到夜市金铺的横街，怎么会一个人都没有？当然顺着上坡路比较吃力，摸黑走又更费劲，就像是走了这半天了。正耐着性子，一步一步往前推进，忽然一抬头看见一列日光光雪亮的平房高高在上，像个泥金画卷，不过是白金，孤悬在黑暗中。因为是开间很小的店面房子，不是楼房。对街又没有房舍，就像"清明上河图"，更有疑幻疑真的惊喜。

货买三家不吃亏，我这家走到那家，柜台后少年老成的青年店员穿着少见的长袍——不知道是否为了招徕游客——袖着手笑嘻嘻的，在他们这不设防城市里，好像还是北宋的太平盛世。除了玻璃柜里的金饰，一望而知不是古中国。货品家家都一样，也许是我的幻觉，连店员也都一模一样。

我买了两只小福字颈饰，串在细金链条上。归途还是在黑暗中，不知道怎么仿佛安全了点。其实他们那不设防城市的默契——如果有的话——也不会延展到百步外。刚才来的时候没遇见，还是随时可以冒出个人影来。但是到底稍微放心了点，而且眼睛比较习惯了黑暗。这才看到拦街有一道木栅门，不过大敞着，只见两旁靠边丈来高的卍字架。大概门虽设而长开。传说贾宝玉沦为看街兵，不就是打更看守街门？更敲宵禁的时代的遗迹，怎么鹿港以外竟还有？当然，也许是古制，不是古迹。但是怎么会保留到现在，尤其是这全岛大拆建的时候？香港就是这样，没准。从前买布的时候怎么没看见？那就还是不是这条街。真想不到，临走还有这新发现。

忽然空中飘来一缕屎臭，在黑暗中特别浓烈。不是倒马桶，没有刷马桶的声音。晚上也不是倒马桶的时候。也不是有人在街上大便，露天较空旷，不会这样热呼呼的。那难道是店堂楼上住家的一掀开马桶盖，就有这么臭？是真还是马可孛罗的世界，色香味俱全。我觉得是香港的临去秋波，带点安抚的意味，看在我忆旧的份上。在黑暗中我的嘴唇牵动着微笑起来，但是毕竟笑不出来，因为疑心我跟香港诀别了。

注：鹿港龙山寺未经翻修，还是古朴的原貌。一九八二年十一月《光华杂志》有它一个守护神的彩色照片，凶恶的朱红脸，不屑地披着嘴，厚嘴唇占满了整个下颏。同年十二月《时报周刊》二五一期有题作"待我休息"的照片，施安全摄：两个抬出巡行的神将中途倚墙小憩，一白一黑，一高一矮。顾长穿白袍的一个，长眉像刷子一样掩没了一对黑洞洞的骷髅眼孔；是八字眉，而八字的一撇往下转了个弯，垂直披在面颊上，如同鬓发。矮黑的一个，脸黑得发亮，撇着嘴冷笑，露出一排细小的白牙，两片薄薄的红唇却在牙齿下面抿得紧紧的——颠倒移挪得不可思议。局部的歪曲想必是闽南塑像独特的作风。地方性艺术的突出发展往往不为人注意，像近年来南管出国，获得法国音乐界的剧赏，也是因为中国历史上空前的变局，才把时代的水银灯拨转到它身上。

*据手稿。

一九八八至──？

老华侨称洛杉矶为罗省。罗省也就是洛杉，同是音译，不过略去"矶"字。不知道的人看了还当是州名──路易西安纳州，简称罗省？这城市的确是面积特别大，虽然没大得成省。是有名的"汽车圣城麦加"，汽车最新型，最多最普遍，人人都有，因此公共汽车办得特别坏，郊区又还更不如市区。这小卫星城的大街上，公车站冷冷清清，等上半个多钟头也一个人都没有。向公车来路引领伫望，视野只限这一块天地，上有雄浑起伏的山冈，温暖干燥的南加州四季常青的黄绿色，映在淡灰蓝的下午的天空上。在这离城较远的山谷里，山上还没什么房子，树丛里看不见近郊满山星罗棋布的小白房子。就光是那高卧的大山，通体一色，微黄的苍绿，以及山背后不很蓝的蓝天。第一批西班牙人登陆的时候见到的空山，大概也就是这样。

山脚下有两个陆桥，一上一下，同是两道白色水泥横栏。白底白条纹的桥身成为最醒目的伸展台，展示缩小了的汽车，远看速度也减低了，不快不慢地一一滑过去，小巧玲珑的玩具汽车，花红柳绿，间有今年新出的雅淡的金属品颜色，暗银，暗红，褪淡了的军用罐头茶褐色。拖车，半客半货车，活动住屋，满载汽车的双层大塌车，最新的货柜车，车身像纸糊的，后门开关只装一条拉链，后影像一只软白塑胶挂衣袋。旅行车前部上端高翘着突出的游览窗，像犀牛角又像高卷的象鼻。大货柜车最多，把桥阑干一比比得更矮了，拦挡不住，一只只大白盒子摇摇欲坠，像要跌下桥来。

两座陆桥下地势渐趋平坦。两座老黄色二层楼房，还是旧式棕色油漆木窗棂，圈出一块 L 形空地。几棵大树下停着一辆旧卡车。泥地上堆着一堆不知什么东西，上盖到处有售的军用橄榄绿油布。这里似乎还是比较睡沉沉的三○四○年间，时间与空间都不大值钱的时代。

山上山下桥下，三个横幅界限分明，平行悬挂，三个截然不同的时期，像考古学家掘出的时间的断层。上层是古代；中下层却又次序颠倒，由现代又跳回到几十年前。

再往下看就是大街了，极宽阔的沥青路，两边的店铺却都是平房或是低矮的楼房，太不合比例，使人觉得异样，仿佛大路两旁下塌，像有一种高高坟起的黄土古道，一边一条干沟，无端地予人荒凉破败之感。

都是些家具店、窗帘店、门窗店、玩具店、地板砖店、浴缸店。显然这是所谓"宿舍城"，又称"卧室社区"，都是因为市区治安太坏，拖儿带女搬来的人，不免装修新屋，天天远道开车上城工作，只回来睡觉。也许由于"慢成长"环保运动，延缓开发，店面全都灰扑扑的，挂着保守性的黑地金字招牌，似都是老店。一个个门可罗雀。行人道上人踪全无，偶有一个胖胖的女店员出去买了速食与冷饮，双手捧回来，大白天也像是自知犯了宵禁，鬼头鬼脑匆匆往里一钻。

简直是个空城，除了街上往来车辆川流不息——就是没有公车。公车站牌下有只长凳，椅背的绿漆板上白粉笔大书：

Wee and Dee

1988 ——？

（"魏与狄，一九八八至——？"）英文有个女孩的名字叫狄，但是这里的"狄"与魏或卫并列，该是中国人的姓。在这百无聊赖的时候忽然看见中国人的笔迹，分外眼明。国语"魏"或"卫"的拼法与此处的有点不同，想必这是华侨。华侨姓名有些拼音很特别，是照闽粤方言。狄也许是戴，魏或卫也可能是另一个更普通常见的姓氏，完全意想不到的。听说东南亚难民很多住在这一带山谷的，不知道为什么拣这房租特别贵些的地段。当然难民也分等级，不过公车乘客大概总是没钱的啰。

到处都有人在墙上、电线杆上写："但尼爱黛碧"，或是"埃迪与秀丽"，两个名字外面画一颗心。向来到处涂抹的都是男孩。连中国自古以来的"某某到此一游"，与代表二次大战所有的海外美国兵的"吉若义到过这里（Gilroy was here）"，也都是男性的手笔。在这长凳上题字的是魏先生无疑了，如果是姓魏的话。"魏与戴"，显然与一颗心内的"埃迪与秀丽"同一格式，不过东方人比较拘谨，不好意思，心就免了。但是东方人，尤其是中国人，写这个的倒还从来没见过。大概也是等车等得实在不耐烦了，老是面向马路的一端——左顾右盼一分神，公车偏就会乘人一个眼不见，飞驰而过，尽管平时笨重狼犺，像有些大胖子有时候却又行动快捷得出人意表——虽说山城风景好，久看也单调乏味，加上异乡特有的一种枯淡，而且打工怕迟到，越急时间越显得长，久候只感到时间的重压，一切都视而不见，听而不闻，更沉闷得要发疯，才会无聊得摸出口袋里从英文补习班黑板下拣来的一截粉笔，吐露出心事：

"魏与戴

一九八八至——？"

写于墓碑上的"亨利·培肯，一九二三至一九七九"，带着苦笑。乱世儿女，他乡邂逅故乡人，知道将来怎样？要看各人的境遇了。

一般彼此称呼都是用他们的英文名字，强尼埃迪海伦安妮。倒不用名字而用姓，仿佛比较冷淡客观。也许因为名字太像那些"但尼爱黛碧"，以及一颗心内的"埃迪与秀丽"，作为赤裸裸的自我表白，似嫌藏头露尾。不过用名字还可以不认账，华人的姓，熟人一望而知是谁，不怕同乡笑话！这小城镇地方小，同乡又特别多。但是他这时候什么都不管了。一丝尖锐的痛苦在惘惘中迅即消失。一把小刀戳进街景的三层蛋糕，插在那里没切下去。太干燥的大蛋糕，上层还是从前西班牙人初见的淡蓝的天空，黄黄的青山长在，中层两条高速公路架在陆桥上，下层却又倒回到几十年前，三代同堂，各不相扰，相视无睹。三个广阔的横条，一个割裂银幕的彩色旅游默片，也没配音，在一个蚀本的博览会的一角悄没声地放映，也没人看。

*据手稿。

爱憎表

我近年来写作太少，物以稀为贵，就有热心人发掘出我中学时代一些见不得人的少作，陆续发表，我看了往往啼笑皆非。最近的一篇是学校的年刊上的，附有毕业班诸生的爱憎表。我填的表是最怕死，最恨有天才的女孩太早结婚，最喜欢爱德华八世，最爱吃叉烧炒饭。隔了半世纪看来，十分突兀，末一项更完全陌生。都需要解释，于是在出土的破陶器里又捡出这么一大堆陈谷子烂芝麻来。

最怕死

我母亲回国后，我跟我弟弟也是第一次"上桌吃饭"，以前都是饭菜放在椅子上，坐在小矮凳上在自己房里吃。她大概因为知道会少离多，总是利用午饭后这段时间跟我们谈话。

"你将来想做什么？"她问。

能画图，像她，还是弹钢琴，像我姑姑。

"姐姐想画画或是弹钢琴，你大了想做什么？"她问我弟弟。

他默然半晌，方低声道："想开车。"

她笑了。"你想做汽车夫？"

他不作声。当然我知道他不过是想有一部汽车，自己会开。

"想开汽车还是开火车？"

他又沉默片刻，终于答道："火车。"

"好，你想做火车司机。"她换了个话题。

女佣撤去碗筷，泡了一杯杯清茶来，又端上一大碗水果，堆得高高的，搁在皮面镶铜边的方桌中央。我母亲和姑姑新近游玄武湖，在南京夫子庙买的仿宋大碗，紫红磁上喷射着淡蓝夹白的大风暴前朝日的光芒。

她翻箱子找出来一套六角小碗用作洗手碗，外面五彩凸花，里面一色湖绿，装了水清澈可爱。

"你喜欢吃什么水果？"

我不喜欢吃水果，顿了顿方道："香蕉。"

她笑了，摘下一只香蕉给我，喃喃地说了声："香蕉不能算水果。像面包。"

替我弟弟削苹果，一面教我怎样削，又讲解营养学。此外第一要纠正我的小孩倚赖性。

"你反正什么都是何干——"叫女佣为某"干"某"干"，是干妈的简称，与湿的奶妈对立。"她要是死了呢？当然，她死了还有我。"她说到这里声音一低，又轻又快，几乎听不见，下句又如常，"我要是死了呢？人都要死的。"她看看饭桌上的一瓶花。"这花今天开着，明天就要谢了。人也说老就老，今天还在这里，明天知道怎样？"

家里没死过人，死对于我毫无意义，但是我可以感觉她怕老，无可奈何花落去，我想保护她而无能为力。她继续用感伤的口吻说着人生朝露的话，我听得流下泪来。

"你看，姐姐哭了。"她总是叫我不要哭，"哭是弱者的行为，所以说女人是弱者，一来就哭。"但是这次她向我弟弟说，"姐姐哭不是因为吃不到苹果。"

我弟弟不作声，也不看我。我一尴尬倒收了泪。

我从小在名义上过继给伯父伯母，因为他们就只一个儿子，伯母想要个女儿。所以我叫他们爸爸姆妈，叫自己父母叔叔婶婶。后来为了我母亲与姑姑出国一事闹翻了——我伯父动员所有说得进话去的亲戚，源源不绝北上作说客，劝阻无效，也就不来往了，她们回来了也不到他们家去。我们还是去，但是过继的话也就不提了。不过我的称呼始终没改口。我喜欢叫叔叔婶婶，显得他们年青潇洒。我知道我弟弟羡慕我这样叫他们，不像他的"爸爸妈妈"难以出口。

有一天有客要来，我姑姑买了康乃馨插瓶搁在钢琴上。我听见我母亲笑着对她说："幸亏小煐叫婶婶还好，要是小煃大叫一声'妈'，那才——"

其实我弟弟没响响亮亮叫过一声"妈妈"，总是羞涩地嗫嚅一声。

关于倚赖性，我母亲的反复告诫由于一曝十寒，并没见效。七八年后我父亲还愤愤地说："一天也离不了何干，还要到外面去！"

但是当时她那一席话却起了个副作用，使我想到死亡。那时候我们住白粉壁上镶乌木大方格的光顶洋房，我姑姑说"算是英国农舍式"。有个英国风的自由派后园，草地没修剪，正中一条红砖小径，小三角石块沿边，道旁种了些圆墩墩的矮树，也许有玫瑰，没看见开过花。每天黄昏我总是一个人仿照流行的《葡萄仙子》载歌载舞，沿着小径跳过去，时而伸手抚摸矮树，轻声唱着：

"一天又过去了。

离坟墓又近一天了。"

无腔无调，除了新文艺腔。虽是"强说愁"，却也有几分怅惘。父母离婚后，我们搬过两次家，却还是天津带来的那些家具。我十三岁的时候独自坐在皮面镶铜边的方桌旁，在老洋房阴暗的餐室里看小说。不吃饭的时候餐室里最清静无人。这时候我确实认真苦思过死亡这件事。死就是什么都没有了。这世界照常运行，不过我没份了。真能转世投胎固然好。我设法想象这座大房子底下有个地窖，阴间的一个闲衙门。有书记录事不惮烦地记下我的一言一行，善念恶念厚厚一叠账簿，我死后评分发配，投生贫家富家，男身女身，还是做牛做马，做猪狗。义犬救主还可以受奖，来世赏还人身，猪羊就没有表现的机会了，只好永远沉沦在畜生道里。

我当然不会为非作歹，却也不要太好了，死后玉皇大帝降阶相迎，从此跳出轮回，在天宫里做过女官，随班上朝。只有生生世世历经人间一切，才能够满足我对生命无餍的欲望。

基督教同样地使人无法相信。圣母处女怀孕生子，这是中国古老的神话已有的，不过是对伟人的出身的附会传说。我们学校的美国教师是进步的现代人，不大讲这些，只着重"人生是道德的健身房"。整个人生就是锻练，通过一次次的考验，死后得进天堂与上帝同在，与亡故的亲人团聚，然后大家在一片大光明中弹竖琴合唱，赞美天主。不就是做礼拜吗？学校里每天上课前做半小时的礼拜，星期日三小时，还不够？这样的永生真是生不如死。

但是我快读完中学的时候已经深入人生，有点像上海人所谓"弄不落"了，没有瞻望死亡的余裕，对生命的胃口也稍杀。等到进了大学，炎樱就常引用一句谚语劝我："Life has to be lived." 勉强可以译为"这辈子总要过的，"语意与她的声口却单薄惨淡，我本来好好的，听了也黯然良久。

但是毕业前一年准备出下年的校刊，那时候我还没完全撇开死亡这问题。虽然已经不去妄想来世了，如果今生这短短几十年还要被斩断剥夺，也太不甘心。我填表总想语不惊人死不休，因此甘冒贪生怕死的大不韪，填上"最怕死"。

或者仅只是一种预感，我毕业后两年内连生两场大病，差点死掉。第二次生病是副伤寒住医院，双人房隔壁有个女性病人呻吟不绝，听着实在难受，睡不着。好容易这天天亮的时候安静下来了，正觉得舒服，快要朦胧睡去，忽闻隔壁似有整理东西的綷縩响动，又听见看护低声说话，只听清楚了一句："才十七岁！"

小时候人一见面总是问："几岁啦？"答"六岁"，"七岁"。岁数就是你的标志与身份证。老了又是这样，人见面就问："多大年纪啦？"答"七十六了，"有点不好意思地等着听赞叹。没死已经失去了当年的形貌个性，一切资以辨认的特征，岁数成为唯一的标签。但是这数目等于一小笔存款，稳定成长，而一到八十岁就会身价倍增。一辈子的一点可怜的功绩已经在悠长的岁月中被遗忘，就也安于沦为一个数字，一个号码，像囚犯一样。在生命的两端，一个人就是他的岁数。但是我十七岁那年因为接连经过了些重大打击，已经又退化到童年，岁数就是一切的时候。我十七岁，是我唯一没疑问的值得自矜的一个优点。一只反戴着的戒指，钻石朝里，没人看得见，可惜钻石是一小块冰，在慢慢地溶化。过了十七就十八，还能年年十八岁？

所以我一听见"才十七岁"就以为是说我。随即明白过来，隔壁房间死了人，抬出去了，清理房间。是个十七岁的女孩子。在那一色灰白的房间里，黎明灰色的光特别昏暗得奇怪，像深海底，另一个世界。我不知道是我死了自己不知道，还是她替我死了。

对于老与死，我母亲过早的启发等于给我们打了防疫针。因为在"未知生，焉知死"的幼年曾经久久为它烦恼过，终于搞疲了。说是麻木也好，反正习惯了，能接受。等到到了时候，纵有怅然的一刹那，也感动不深，震撼不大，所以我对于生老病死倒是比较看得淡。

最恨有天才的女孩太早结婚

我中学毕业前在校刊上填这份"爱憎表"的时候，还没写"我的天才梦"，在学校里成绩并不好，也没人视为天才。不过因为小时候我母亲鼓励我画图投稿，虽然总是石沉大海，未经采用，仍有点自命不凡，仿佛不是神童也沾着点边。

还没经她赏识前，她初次出国期间，我就已经天天"画小人"，门房里有整本的红条格账簿，整大卷的竹纸供我涂抹。主人长年不在家，门房清闲无事，也不介意孩子们来玩。女佣避嫌，就从来不踏进这间小房间，只站在门口。这是男性的世界，敝旧的白木桌上，烟卷烧焦的烙痕斑斑。全宅只有此地有笔墨，我更小的时候刚到北方，不惯冬天烤火，烤多了上火流鼻血，就跑到门房去用墨笔描鼻孔止血，永远记得那带着轻微的墨臭的冰凉的笔触。

这间阴暗的小房间日夜点着灯，但是我大都是黄昏方至，在灯下画小女侠月红与她的弟弟杏红，他剃光了头只留一圈短发，"百子图"里的"马指盖"，西方僧侣式的发型。他们的村庄只有儿童，议事厅上飘扬着一面三角旗，上面写着"快乐村"。

他们似乎是一个武士的部落，常奉君命出发征蛮。上午我跟我弟弟在卧室里玩，把椅子放倒——拼成当时的方型小汽车，乘汽车上前线——吉甫车的先声。

我母亲和姑姑寄回来的玩具中有一大盒战争剧舞台——硬纸板布景，许多小铁兵士穿着拿破仑时代鲜艳的军装。想必是给我弟弟的。他跟我一样毫无兴趣。我的战争游戏来自门房里看见的《隋唐演义》《七侠五义》。寄给我们的玩具中有一只蓝白相间的虎纹绒毛面硬球，有现代的沙滩球那么大，但是沉甸甸的不能抛也不能踢，毫无用处，却很可爱，也许她们也就是觉得可爱而买的。我叫它"老虎蛋"，征途埋锅造饭，就把老虎蛋埋在地里烧熟了吃。到了边疆上，我们叉腰站在山冈上咭唎呱啦操蛮语骂阵，然后呐喊着冲下去一阵混战，斩获许多首级，班师还朝领奖。

我外婆家总管的儿子柏崇文小时候在书房伴读，跟着我母亲陪嫁过来，他识字，可以做个廉价书记。她走了他本来要出去找事，她要求他再多等几年，帮着照看，他也只好答应了。他娶了亲，新婚妻子也就在我们家帮忙。家里小孩称"毛姐""毛哥"，他的新娘子我们就叫她"毛娘"。毛娘十分俏丽，身材适中，一张红扑扑的小鹅蛋脸，梳髻打着稀稀几根刘海，过不惯北方寒冷，永远两只手抄在黯淡的柳条布短褐下。她是南京人，就是她告诉我张人骏坐箩筐缒出南京围城的事。

我玩战争游戏隔墙有耳，毛娘有一次悄声向我学舌，笑着叫"月姐，杏弟"，我非常难为情。月红杏红行军也常遇见老虎。我弟弟有一次扮老虎负伤奔逃，忽道："我不玩了。"我只好说："好了，我做老虎。"

"我不要玩这个。"

"那你要玩什么呢？"

他不作声。

从此休兵，被毛娘识破以后本来也就不大好意思打了。

后院中心有一个警亭，是预备给守卫度过北方的寒夜的，因此是一间水泥小屋，窗下搭着一张床铺，两头抵着墙，还是不够长，连瘦小的崇文都只能蜷卧。我从来没想到为什么让他住在这里，但当然是因为独门独户，避免了习俗相沿的忌讳——同一屋顶下不能有别人家的夫妇同房，晦气的。毛娘与别的女佣却同住在楼上，但是晚上可以到后院去。男佣合住的一间房在门房对过，都是与正房分开的小方盒子，距警亭也不过几丈远，却从来没有人窥探听房。不然女佣喊喊喳喳耳语，我多少会听到一些。只见每天早上毛娘端一盆热水放在脸盆架上，给崇文在院子里洗脸，水里总渥着一只鸡蛋，他在洋磁盆边上磕破了一饮而尽，方才洗脸。

"生鸡蛋补的，"女佣们说，带着诡秘的笑容。

我觉得话里有话，也没往他们俩是夫妻上面想，只顾揣摩生鸡蛋是个什么滋味，可好吃。我非常喜欢那间玩偶家庭似的小屋，总是赖在崇文的床铺上看他的《三国演义》，看不大懂，幸而他爱讲三国，草船借箭，三气周瑜，说得有声有色，别人也都聚拢来听。

我母亲临走交代女佣每天要带我们去公园。起初我弟弟有软脚病，常常摔跤，带他的女佣张干便用一条丈尺长的大红线呢阔带子给他当胸兜住，两端握在她手里，像放狗一样跟在他后面。她五十多岁的人，又是一双小脚，走得慢，到了法国公园广阔的草坪上，他全身向前倾仆，拚命往前挣，一只锁条上的狗，痛苦地扭曲得脸都变了形。一两年后他好了，不跌跤了，用不着拴带子，我在草地上狂奔他也跟着跑，她便追着锐叫："毛哥啊！不要跌得一塌平阳啊！"震耳的女高音在广大的空间内飘得远远的，我在奔跑中仿佛遥闻不知何家宅院的鹦鹉突如其来的一声"呱"大叫。

每天中午，我帮着把拼成汽车型放翻的椅子义竖立起来，用作饭桌。开上饭来，两个女佣在旁代夹菜。也许因为只有吃饭的时候特别接近，张干总拣这时候一扫积郁。她要强，总气不愤我们家对男孩不另眼看待。我母亲没走之前有一次向她说："现在不兴这些了，男女都是一样。"她红着脸带着不信任的眼色笑应了一声："哦？"我那时候至多四岁，但是那两句极短的对白与她的神情记得十分清楚。

"你这脾气只好住独家村，"她总是说我。"将来弟弟大了娶了少奶奶，不要你上门。"

"是我的家，又不是他一个人的家。"

"筷子捏得高嫁得远，捏得低嫁得近。"

"我才不！我姓张，我是张家人。"

"你不姓张，你姓碰，弟弟才姓张。"又道："你不姓张，你姓碰，碰到哪家是哪家。"

我当时装不听见，此后却留神把手指挪低到筷子上最低的地方，虽然不得劲，筷子有点不听使唤。

张干便道："筷子捏得低嫁得远，捏得高嫁得近。"

"咦，你不是说捏得高嫁得远？"

"小姐家好意思的？开口就是'嫁不嫁'。"

带我的何干在旁边听着，只微笑，从不接口。她虽是三代老臣，但是张干是现今主妇的陪嫁，又带的是男孩。女主人不在家，交给何干管家，她遇事总跟张干商量。我七岁那年请了老师来家教读，《纲鉴易知录》开首一段就是周武王死后，儿子成王年幼，国事由周公召公合管，称为"周召共和"。我若有所悟地想道："周召共和就是像何干张干。"

毛娘常说："张奶奶好，有家业的，"轻声一语带过，略眨一下眼睛，别过脸去，不多说了，这种话说多了显得势利。随又道："乡下有田有地，其实用不着出来帮人家的。"

粗做的席干听了，笑叹道："其实真是——！自己家里过还不在家享福？不像我们是叫没办法。"

毛娘跟张干同乡，知道底细。似乎张干是跟儿子媳妇不对，赌气出来的。江南鱼米之乡，妇女不必下田耕种，所以上一代都缠足。其他的女佣来自皖北苦地方，就都是大脚。

"我们那儿女人不下田的，"张干说过不止一次，带着三分傲气。

她身材较高，看得出中年以后胖了些，面貌依旧秀丽白净。她识字，在大门口担子上买了一本劝善的歌词石印小书，念给别的女佣听。内中有两句"今朝脱了鞋和袜，怎晓明天穿不穿？"年纪大些的听了都感动得几乎落泪，重复念诵，仿佛从来没想到死亡。在她们这也就是宗教兼哲学了。

张干拿了工资不用寄钱回家，因此只有她有这闲钱，这一天又在水果担子上买了一只柿子。我母亲在我们吃上虽管得紧，只有水果尽吃，毫无限制，但是女佣们说柿子性凉，所以我从来没见过这样东西，觉得红艳可爱，尤其是衬着苍黑的硬托子蒂子，娇滴滴越显红嫩。

"还没熟，要搁这些时，"张干说，随手把它放在我们房间里梳妆台抽屉里。我们小孩不梳妆，抽屉全空着。她们女佣房间里没什么家具，就光是"铺板"——长板凳搭的板床与各人自己的箱笼。

我们这起坐间里也只疏疏落落几件家具，充满了浮尘的阳光晒进来，照在半旧黄色橡木妆台一角的蟠桃磁盒上。

过两天我乘没人开抽屉看看那只柿子，看不出有什么变化。此后每隔几天我总偷看一下。是不是更红了？在阴暗的小抽屉里也无法确定。我根本没想到可以拿出来看看。碰都不能碰。

一个月了。大概要搁多久才熟，我一点数都没有。

"张干，你的柿子还没熟？"我想问。

那好，更有得说了："小姐家这样馋，看中了我的柿子？"

终于有一天张干抽出抽屉一看，还是那柿子，不过红得更深浓了，但是一捏就破，里面烂成了一包水。

她憎恶地别过脸去，轻声"吭"了一声，喃喃地说了声"忘了"。拈起来大方地拿出去丢在垃圾桶里。我在旁边看着非常惆怅，简直痛心。多年后一直记得，觉得那只柿子是禁果，我当时若有所失，一种预感青春虚度的恐惧。

"到上海去喽！到上海去喽！"毛娘走来走去都唱诵着。"婶婶姑姑要回来喽！"她有一两次说，但是不大提这话，仿佛怕事情又有变化，孩子们会失望哭闹。

我们是到上海去接她们。为什么要搬到上海去住，我不清楚，但是当然很高兴。

"张干要走喽！"这两天毛娘又在唱念着，"张干要走喽！"

似乎张干本来预备跟我们到上海之后就辞工回南京，但是忽然这一个月半个月的工夫都等不及，宁可远道自费返乡。

她动身这天，毛娘又走来半警告半提醒地告诉我们：

"张干要走了！"

我弟弟只当没听见。我却大哭起来。这是我第一次变迁。这一段日子完了，当然依恋。我母亲走的时候我不知，而且本来一直不大在跟前，不觉得有什么不同。

"看这毛哥一点眼泪都没有，"毛娘不平地说。"毛姐倒哭了。"

我弟弟不作声。张干忙出忙进料理行李，也不理会。总是卫护他，却羞辱他。

我一面哭，也隐隐地觉得她会认为这是我对她的报复，给她难堪，证明她走得对。

男佣替她叫了一部人力车，上楼来替她搬行李。她临走向我们正式道别：

"毛姐，我走了。你要照应弟弟，他比你小。毛哥，我走了，你自己当心，要听何干的话。"

何干也没接口，并没叫她放心。我想她也觉得张干像在向我们托孤，心里有点难受，也不好说什么。

这一段日子完了。雾濛濛的阳光黄黄地照进窗来，北方冬天长，火炉上总坐着一罐麦芽糖，褐色小瓦罐里插着一双筷子。糖溶化了时候女佣拔出筷子，麦芽糖的金蛇一扭一扭长长地挂，我仰着头张着嘴接着。她们病了，就用这小瓦罐"拔火罐"，点燃一小团报纸扔进罐里，倒扣在有雀斑的肥厚的肩背上。

这里老年人不老，成年人永远年青，小孩除了每年长高一寸半寸，也不长大。没有死亡，没有婚姻，没有生育。女人大肚子是街上偶然看见的笑话。多年后我姑姑有一次向我说起"从前婶婶大肚子怀着你的时候，"听着很刺耳，觉得太对不起我母亲，害她搞成这样。这魔幻的冬阳照进天窗下的一个低温的暖室，它也许成为我毕生的基调。十三四岁在上海我和我弟弟去看电影，散场出来，那天是仅有的一次我建议去吃点东西。北平公园附近新开了一家露天咖啡馆叫惠尔康，英文"欢迎"的音译。花园里树荫下摆满了白桌布小圆桌。我点了一客冰淇淋，他点了啤酒，我诧异地笑了。他显然急于长大，我并不。也许原因之一是我这时候已经是有责任在身的人，因为立志学琴，需要长期锻炼，想必也畏惧考验，所以依恋有保护性的茧壳。

我母亲与姑姑刚回国那两年，对于我她们是童话里的"仙子教母"，给小孩带来幸福的命运作为礼物，但是行踪飘忽，随时要走的。八九岁的小女孩往往是好演员，因为还没养成自觉性而拘束起来。我姑姑弹钢琴我总站在旁边，仿佛听得出神，弹多久站多久。如此志诚，她们当然上了当。

她们也曾经一再地试我，先放一张交响乐的唱片，然后我姑姑找了半天找不到一张合适的——我现在才想起来，大概因为轻性音乐很少没歌唱的。终于她们俩交换了一个眼色，我母亲示意"好了，就这个。"

下一张唱片叮叮咚咚没什么曲调，节奏明显是很单薄的舞乐（可能是 Ragtime 或是早期爵士乐）。

"你喜欢哪一个？"

"头一个。"

她们没说什么，但是显然我答对了。带我去听音乐会，我母亲先告诉我不能说话，不能动，不然不带我去。

我听她说过外国人有红头发的。

"是真红？"我问。

"真红。"

"像大红绒线那么红？"

她不答。

上海市立交响乐团连奏了一两个钟头乐，我坐着一动都不动，臂弯搁在扶手上都酸了。休息半小时期间，有人出去走动，喝点东西，我们没离开座位。我在昏黄的大音乐厅内回顾搜索有没有红头发的人，始终没看见。

她终于要我选择音乐或是绘画作终身职业。我起初不能决定。我姑姑也说："学这些都要从小学起，像我们都太晚了。"

她很欣赏我的画，只指出一点："脚底下不要画一道线。"

我画的人物总踩着一条棕色粗线，代表地板或是土地。

生物学有一说是一个人的成长重演进化史，从蝌蚪似的胎儿发展到鱼、猿猴、人类。儿童还在野蛮人的阶段。的确我当时还有蛮族的逻辑，认为非画这道线不可，"不然叫他站在什么地方？"也说是巫师的"同情魔术"（sympathetic magic）的起源，例如洒水消毒祛病，战斗舞蹈驱魔等等。

"叫你不要画这道线——"我母亲只有这一次生气了。她带回来许多精装画册，午餐后摊在饭桌上，我可以小心地翻看。我喜欢印象派，不喜欢毕卡索的立体派。

"哦，人家早已又改变作风多少次了，"她说。

我比较喜欢马谛斯。她却又用略一挥手屏退的口吻说："哦，人家早又变了多少次了。"

我有点起反感，觉得他们只贵在标新立异。印象派本来也是创新，画的人一多就不稀奇了。但是后来我见到非洲雕刻与日本版画，看到毕卡索与马谛斯的灵感的泉源，也非常喜欢。那是由世世代代的先人手泽滋润出来的，不像近代大师模仿改造的生硬。

似乎还是音乐有一定不移的标准，至少就我所知——也就只限古典音乐的演奏。

我决定学音乐。

"钢琴还是提琴？"我母亲不经意似地轻声说了句，立即又更声音一低，"还是钢琴。"我的印象是她觉得提琴独奏手太像舞台表演，需要风标美貌。

她想培植我成为一个傅聪，不过她不能像傅雷一样寸步不离在旁督促，就靠反复叮咛。

有一天我姑姑坐在客厅里修指甲，夹着英文向我弟弟说："这漂亮的年青人过来，我有话跟你商量。"他走近前来，她揽他靠在沙发椅扶手上。"你的眼睫毛借给我好不好？我今天晚上要出去。"见他不语，又道："借我一天，明天就还你，不少你一根。"他始终不答。

他十岁整生日她送了他一条领带，一套人字呢西装，不过是当时流行的短裤。我母亲买了只玩具猎枪给他，完全逼真。我画了他的画像送他，穿着这套西服，一手握着猎枪站在树林中。隔两天我在一间闲房里桌上发现这张画，被铅笔画了一道粗杠子，斜斜地横贯画面，力透纸背。我不禁心悸，怔了一会，想团皱了扔掉，终于还是拿了去收在我贮画的一只画夹子里。这从来没跟他提起。

现在我画的成年人全都像我母亲，尖脸，铅笔画的绝细的八字眉，大眼睛像地平线小半个朝阳，放射出睫毛的光芒。

"婶婶姑姑你喜欢哪一个？"我姑姑问我，立即又加上一句："不能说都喜欢。总有比较更喜欢的一个。"

她们总是考我。

终于无可奈何地说："我去想想看。"

"好，你去想想吧。"

我四岁起就常听见说："婶婶姑姑出洋去喽！"永远是毛娘或是我母亲的陪嫁丫头翠铃，一个少妇一个少女，感情洋溢地吟唱着。年纪大些的女佣几乎从来不提起。出洋是壮举而又是丑闻，不能告诉小孩的秘密。越是故作神秘，我越是不感兴趣，不屑问。问也是白问。反正我相信是壮举不是丑闻。永远婶婶姑姑并提，成为一个单元，在我脑子里分不开，一幅古画上的美人与她的挽双髻的"小鬟"。

"你说你更喜欢哪一个？"我姑姑逼问，我母亲在旁边没开口。

"不知道。我去想想看。"我无可奈何地说。

"好，你去想吧。"

我背过脸去竭力思索。我知道我是婶婶的女儿，关系较深。如果使她生气，她大概不会从此不理我。

"想好了没有？"我姑姑隔了半晌又问。

"喜欢姑姑。"

我母亲显然不高兴。我姑姑面无表情，也不见得高兴。我答错了，但是无论如何，我觉得另一个答案也不妥。我已经费尽心力，就也只好随它去了。

亲戚中就数李家大表伯母来得最勤，一日忽笑道："小煐忠厚。"

我母亲笑道："听见没有？'忠厚乃无用之别名。'"

她还不知道我有多么无用。直到后来我逃到她处在狭小的空间内，她教我烧开水补袜子，穷留学生必有的准备，方诧异道："怎么这么笨？连你叔叔都没这样，"说着声音一低。

她忘了我外婆。我更没想起。她死得早，几乎从来没人提起我的外祖母，所以总是忘了有她这个人。我母亲口中的"妈妈"与"你外婆"是从小带她的嫡母。她照规矩称生母为"二姨"。

毛娘是他们家总管的媳妇，虽然嫁过去已经不在他们家了，比较知道他们家的事。

"二姨太……"毛娘有一次说起，只一笑，用手指笃笃轻叩了一下头脑。

我外婆大概不是有精神病，从前的人买妾检查得很严格，不比娶妻相亲至多遥遥一瞥，有些小姐根本"不给相"。她又是他们自己家乡的村女，知道底细的，无法蒙混过去。她又不过中人之姿，不会是贪图美貌娶个白痴回来。荡妇妖姬有时候"承恩不在貌"，乡下大姑娘却不会有别的本领使人着迷到这地步。

照片上的我外公方面大耳，眉目间有倨傲的神气，只是长得有点杆头杆脑的不得人心。

我母亲有一次饭后讲起从前的事，笑道："他立志要每一省娶一个。"因为有点避讳，只说"他"，我先不知道是说我外公。可以算是对我姑姑说的，虽然她大概听见她讲过。

我听了，才知道是我外公。

"那时候是十八行省，一省娶一个，也已经比十二金钗多了一半。换了现在二十二省，那好！"

"他是死在贵州——？"我姑姑轻声说。她总是说"我这些事听得多了！"向不留心。

"贵州。瘴气呃！家里不让他去的，那么远，千里迢迢，就去做个县丞——他非要去嘞！想着给他历练历练也好。"家里想实在拿他没办法，像现在的父母送顽劣的儿子进军校，希望他磨练成个男子汉。才二十四岁。"报信报到家里，大姨太二姨太正坐在高椅子上拿着绷子绣花。二姨太怀着肚子，连人连椅子往后一倒，昏了过去。"

她显然是爱他的。他死后她也没活几年。他要娶十八个不同省籍的女人，家里给娶的太太也是同乡，大概不算。壮志未成身先死，仅有的一两个倒都是湖南人。第二个湖南人想必是破格看中的。她一定也有知己之感，"多谢西川贵公子，肯持红烛赏残花"，不过不是残花是傻瓜。无疑的，即在村姑中她也是最笨的。

大姨太是"堂子里人"，我赶得上看见的祖母辈唯一的一个，我称好婆。她一口湖南话，想必来自长沙妓院。我八九岁到舅舅家去，表姐带我到三层楼上去见好婆。她独住一个楼面，吸鸦片，在年青的时候照片上身材适中，老了只瘦小了，依旧腰背毕挺，一套石青摹本缎袄裤，紧身长袄下露出一小截笔管似的裤脚，细致的脸蛋上影沉沉垂着厚重的眼睑，不大看人，也不像别的老太太喜欢小孩，但总是尽量招待，烟铺上爬起来从红木妆台上大玻璃罐里抓一把陈皮梅给我们，动作俐落。表姐们替好婆捶腿，我捶得手酸也不歇，总希望她说我比表姐们好。她如果说过，也是淡淡的一句半句，出于中国妇女例有的礼貌，夸赞别人家的孩子。

常常就剩我一个人在捶腿，她侧卧着烧烟。沉默中幽暗的大房间里没什么可看的，就那两只绿惨惨的大玻璃罐，比烟纸店的糖果罐高大，久看像走近细雨黄昏的花园，踩着湿草走很远的路，不十分愉快的梦境。

"定柱倒是——"我母亲讲起来，不说"你舅舅"而叫姓名，也算是对我姑姑说的。"妈妈临死的时候要他答应对大姨好，他倒是———。"

固然是大妇贤惠，总也是大姨太会做人，处得好。她从来不下楼，见了面称"少爷少奶奶，"适如其度地淡淡而有分寸。她似乎是那种为男子生存的女人。房下有这妖姬，二姨太的日子不是好过的，上面又有正室与婆婆。四周都是虎视眈眈的搬嘴讨好的婢仆。他们的老太爷以军功封了男爵，虽说当时"公侯满街走，伯爵多如狗"（见《孽海花》），因为长期内战，太平天国后民穷财尽，酬庸别无他法。她一个乡下人乍到大户人家，越是怕出丑越会出乱子，自然更给当作疯傻。

遗传往往跳掉一代。沾着点机器的事我就是乡下人。又毫无方向感，比乡下人还不如。智力测验上有"空间"一项，我肯定不会及格。买了吸尘器，坐在地毯上看着仿单上的指示与图样，像拼图游戏拼一整天。在飞机上系座位带每次都要空中小姐代系，坐出差汽车就只好自己来，发现司机在前座位的小镜子里窥视，不知道我把他的车怎样了，我才住手，好在车祸率不高。

"是我外婆，"我快到中年才想起来，遇到奇笨的时候就告诉自己，免得太自怨自艾。

小学毕业那年演英文话剧，我扮医生，戴呢帽戴眼镜，提着一只医生的黑皮包出诊，皮包里有一瓶水，一只汤匙。在台上开皮包，不知怎么机钮扳不动，挣扎了半天，只好仿照京剧的象征性动作，假装开了皮包取出药瓶汤匙，喂病人吃药。台下一阵轻微的笑声。

在中学做化学实验，不会擦火柴，无法点燃本森炉——小酒精炉？不确定是否酒精。

小时候奶妈在北上的火车上煮牛奶打翻了，脸上身上都烧伤得很厉害。家里女佣兔死狐悲，从此就怕失火，一见我拿起火柴盒便笑叫"我来我来，"接了过去。但是无论有什么借口，十五六岁不会擦火柴总近低能，擦来擦去点不着，美国女老师巡行到座前，我总是故作忙碌状，勉强遮掩过去，下了课借同班生的实验纪录来抄。幸而她知道传抄的人多，只要笔试还过得去，也就网开一面。

七八岁的时候在天津听毛娘讲故事，她一肚子孟丽君女扮男装中状元、呆女婿的笑话。这一天她说："有一个人搁着把竹竿进城门，竹竿太长了进不去。城头上一个人说：'好了好了，你递给我，不就进去了吗？'"

我点头微笑领会，是真是聪明的办法。

她倒不好意思起来，悄声笑道："把竹竿横过来，不就扛进城门了？"

我呆了一呆，方才恍然。

其实这也就是最原始的物理。三岁看八十，读到中学毕业班，果然物理不及格。那时候同学间大家都问毕业了干什么，没升学计划的就是要嫁人了。一九三〇年间女职员的出路还很有限。我急于表白，说出我有希望到英国进大学，也只告诉了我班一称得上朋友的两个室友，同房间多年的。就此传了出去。学校当局为了造就人才，一门功课不及格毕不了业，失去留学的机会，太可惜了，破格着教物理的古柏小姐替我补习，单独授课，补了一暑假再补考，还是不及格！不是不用功，像铁锤在脑壳上钉钉，钉不进去，使我想起京剧《双钉记》。

教地理的闵老师写过一篇东西关于我，说我在校刊上发表了一首打油诗嘲弄一位国文老师，"鹅黄眼镜翠蓝袍，一步摆来一步摇……"因而差点毕不了业。那是在年刊《凤藻》外新出的一个小册子期刊《国光》，九一八后响应抗日的刊物，文艺为副。校方本来反对，怕牵涉时事有碍，一向不重视中文部，我是物理不及格，差点毕不了业，最后教务会议上提出讨论，看在留学不易份上，还是让我毕业。

女孩学理化不成，还有可说，就连教会学校最注重的英文，用作课本的小说我没一本看完的，故事情节都不知道，考试的时候蒙混过关，勉强及格。初中二年级读世界名著《佛兰德斯（今比利时荷兰）的一只狗》，开首写一个小男孩带着他的狗在炎阳下白色的尘土飞扬的大道上走，路远干渴疲倦，行行重行行，行行重行行，我看了一两页就看不下去了，觉得人生需要忍受厌烦的已经太多。当时无法形容的一种烦闷现在可以说是：人生往往是排长龙去买不怎么想要的东西，像在共产国家一样。所以我对辍学打工或是逃家的举动永远同情，尽管是不智的，自己受害无穷。我始终也不知道这小男孩是到什么地方去。考试前曾经找同班生讲过故事大纲，也早已忘得干干净净。

下年读《织工马南传》也如此。最近在美国电视上，老牌《今宵》夜谈节目的长期代理主持人芥·廉诺提起从前在学校里读《织工马南传》，说了声"那赛拉斯·马南"便笑了，咽住了没往下说，显然不愿开罪古典名著引起非议。我听了却真有"海外存知己"之感，觉得过往许多学童听了都会泛出一丝会心微笑。

在中学住读，星期日上午做三小时的礼拜，每两排末座坐一个教职员监视，听美国牧师的强苏白笑出声来的记小过。礼拜堂狭小的窗户像箭楼的窗洞，望出去天特别蓝，蓝得伤心，使人觉得"良辰美景奈何天","子兮子兮,如此良"辰"何"?乌木雕花长椅上排排坐,我强烈地感到我在做错事,虽然不知道做什么才对。能在礼拜堂外的草坪上走走也好。上街摆摊子?卖号外?做流浪儿童?这都十分渺茫,其实也就是我一度渴望过的轮回转世投胎,经历各种生活。

做礼拜中途常有女生晕倒,被挟持着半抬半扶地搀出去,大家尽力憋着不回头去看。天气并不热,不会是中暑。我很羡慕,有这种罗曼蒂克的病!维多利亚时代的小说之外没听说过。高年级的课外读物大都选择《简爱》等,我一本都没看过,连林琴南译的《块肉余生述》都看不下去。

我的英文课外读物限于我姑姑的不到"三尺书架",一部《世界最佳短篇小说集》,威尔斯的四篇非科幻中篇小说,罗素的通俗哲学书《征服快乐之道》,与几本德国 Tauching 版的萧伯纳自序的剧本。我姑姑喜欢这象牙色的袖珍本,是跟我父亲借的,后来兄妹闹翻了,就没还。她只说了声"这还是你叔叔的,"微笑中也许带着点苦笑的意味。她吃过他的大亏,就落下他这点东西。

"叔叔给我取了个名字叫孟媛,"我告诉我姑姑。不知道是否字或号,我有点喜欢,比我学名"允倢"女性化——我们是"允"字排行,下一个字"人"字边。

我姑姑攒眉笑道:"这名字坏极了。"

给她一说,我也觉得俗气,就没想到"孟媛"是长女,我父亲显然希望再多生几个儿女,所以再婚后迁入一座极大的老洋房。我继母极力开源节流,看报上妇女专栏上的家庭工业建议,买了两只大白鹅在荒废的网球场上养鹅,天天站在楼窗前看它们踱步。老不下蛋,有的佣人背后怀疑是否两只都是公的或母的。

女佣工资通行每月五元，粗做三元。何干因为是从前老太太的人，一直都是十元，后母当家降为五元，而且我后母说我现在住读，何干改带我弟弟，男孩比较简单，没什么事做，可以洗衣服。头发雪白还要洗被单，我放月假回来，听见隔壁装着水龙头的小房间里洗衣板在木盆中格噔格噔地响，响一下心里抽痛一下。

我跟白俄女琴师学钢琴很贵，已经学了六七年了，住读不学琴不能练琴，只好同时也在学校里学琴。教琴的老小姐脸色黄黄红红的浓抹白粉，活像一只打了霜的南瓜。她要弹琴手背平扁，白俄教师要手背圆凸，正相反。

"又鼓起来了！"她略带点半嗔半笑，一掌打在我手背上。

两姑之间难为妇，轮到我练琴的钟点，单独在那小房间里，我大都躲在钢琴背后看小说。白俄女教师向我流泪。我终于向我父亲与后母说："我不学琴了。"

他们在烟榻上也只微笑"唔"了一声，不露出喜色来。

告诉我姑姑是我有生以来最痛苦的一件事。我母亲在法国，写信到底比较容易。

我姑姑不经意似地应了声"唔"，也只说了声"那你预备学什么呢？你已经十六岁了，"警告地。

"我想画卡通，"我胸有成竹地回答。我想可以参用国画制成长幼咸宜的成人米老鼠。那时候万氏兄弟已经有中国娃娃式的"铁扇公主"等，我梦想去做学徒学手艺，明明知道我对一切机械特别笨，活动卡通的运作复杂，而且我对国画性情不近，小时候在家里读书，有一个老师会画国画，教我只用赭色与花青。

我不能相信我的耳朵，又再问了一遍，是真只用两个颜色，又是最不起眼的颜色，顿觉天地无光，那不是半瞎了吗？

我姑姑并没追问我预备怎样从事学习，我自己心里感到彷徨。

我选定卡通不过因为（一）是画，（二）我是影迷。

以后她只有一次提起我不学琴的事，是在亲戚间听到我父亲与后母的反响，"他们当然高兴，说：'她自己不要学了嘛！'"

我背弃了她们，让她们丢脸。

有个本家侄儿从家乡来，又一个"大侄儿"，有二三十岁了，白净的同字脸戴着黑边眼镜，矮墩墩阴恻恻的，大家叫他的小名阿僖，我和我弟弟当面不直呼其名，没有称呼。他找了个事做科员，常来陪我父亲谈天，混口鸦片烟吃。据他说没吃上瘾。

"阿僖结婚了，"我放假回来，我弟弟告诉我。

"阿僖少奶奶"我只见过一面，也是北边人，还穿着喜筵上的淡橙色银花旗袍，大红软缎镶边，胖嘟嘟的有点像阿僖，不过高大些，就显得庸脂俗粉而又虎背熊腰。

又有一次我回家听我弟弟说："阿僖对他的少奶奶坏。"

我向我后母要了十块钱去拍毕业照，照片洗出来不得不拿去给她和我父亲看。

"真难看，"我不好意思地说。"像个小鸡。"清汤挂面的头发嫌难看，剪短了更像一只小鸡的头。

她笑道："都是这样的呀。烫了头发就好了。你要不要烫头发？"

我迟疑着笑而不答，下次见到我姑姑的时候说："娘问我要不要烫头发。"

我姑姑笑道："你娘想嫁掉你。"

我怔了一怔，夷然笑了笑，却从此打消了烫发的念头。都是一烫头发，做两件新衣服，就是已经有人给介绍朋友，看两场电影吃两顿饭就结婚了。

但是我开始有一个白日噩梦——恐怖的白日梦。总是看见一个亭子间似的小房间摆满了亮黄的桃花心木家具，像我后母的典型新房家具。我低着头坐在床上，与对面的衣橱近在咫尺。强烈的灯光照射下，东西太多挤得人窒息。橱上嵌的穿衣镜里赫然是阿僖少奶奶。我不去看她她也在那里，跟我促膝坐着。

"我在这里干什么？"我在心里叫喊。想跑已经太晚了，喜酒吃过，婚礼行过，喜帖发出去了，来不及了。

"她自己愿意的嘛！"我后母向人说。

显然是我自己受不了压力与罪恶感，想遁入常人的生活，而又有这点自知之明，镜子里是阿僖少奶奶而不是我漂亮的已婚表姐。阿僖的婚事是我心目中的双方都俯就的婚事。

我所知道的唯一的早婚女孩是一个同班生叶莲华。其实她大概比我们的平均年龄大好两岁。她跟她妹妹叶莲芬一样高，显然都长足了，而且都烫了头发，更显得成熟。同样颀长，她妹妹更健美些，不过一口白牙有点刨牙。她较近古美人型，削肩探雁脖儿掩护着线条柔软的胸脯，细窄的鹅蛋脸与腰身，淡淡的长眉低低覆在微肿的眼泡上。上英文课，叫到她她总是一手扶着椅背怯怯站着，穿着件窄袖墨绿绒线衫，带着心虚的微笑，眼睛里却又透出几分委曲与不耐。她们是插班进来的，姊妹俩同班，功课跟不上，国学却有根底。九一八后她做了首中秋诗，七绝末两句老师浓圈密点，阖校传诵赞叹：

"塞外忽传三省失，江山已缺一轮圆。"

下年她忽然辍学，传出她结婚的消息，说是她家里经济情形坏，不得不把她嫁给一个当铺老板。我们才高中一年级，大家骇异震动。

我想着："如果是叶莲芬，他们一定不敢。"她妹妹性格比较开朗。

一两年内又听说她死了。她妹妹红着眼圈不说什么。也不知是什么病，却也不是自杀。大家嗟叹中带着一些暧昧，使我联想到《红楼梦》中迎春之死，十二钗册子里咏迎春有"把公府千金当下流"句，当时印象模糊，现在看来想必是指鸡奸（只有妓女，尤其是老妓才肯的），以及更变态的酷刑。迎春就是给糟蹋死的。当时的流行刊物上最常引的一句名言是"结婚是恋爱的坟墓。"就连我那表姐结婚是经过追求与热恋，我们这些年纪小些的表姊妹们都还替她惋惜，说她白纱下面的脸庞惨白得像死了一样，仿佛她自己也觉得完了。

毕业那年大家都问"毕了业……"……等着嫁人了。……

我成绩这样糟，只有作文有时候拿高分，但是同班生中就有叶莲华的旧诗，张如瑾还有长篇小说出版，我在校刊上登两篇东西也不算什么。进了大学之后我写《我的天才梦》，至少对于天才不过是梦想。不比此地公然宣称"最恨有天才的女孩子早婚，"分明自命为天才，再一看年刊上那张照片，似乎早婚的危险也是杞忧，难道我是指叶莲华的悲剧？至少用义愤来掩藏我的白日噩梦？

这到底还是以小人之心度君子之腹——十几岁的人没有找借口的习惯。干脆就是大言不惭。但是正值我放弃了钢琴，摧毁了自信心的时候？除非是西谚所谓"在黑暗中吹口哨"，夜行人壮自己的胆？

最喜欢爱德华八世

青黑的天空，天心最高处一个大半满的小白月亮边上微光溶溶。

北方夏天也酷热。晚上大家都到后天井乘凉，女佣们带着她们餐桌边的长板凳，我们端着小牛皮凳。她们一人一把大芭蕉扇。粗做的席干要我替她在扇子上用蚊香烧出她的姓，就着门房的灯光烧焦一个个小点，要小心不烧破了。

"张奶奶你看这月亮有多大？"

"我看啊，总有个双角子大。"

"席奶奶你看有多大？"

"我看才一毛钱大。何奶奶你看呢？"她反问。

"你小呃！我这老花眼不行喽！"何干似乎不敢说出她眼中的月亮有多么大。

"你们这小眼睛看有多大？"她问我。

我举起一截手指比着。有一毛钱大，但是那是我拿在手里的一毛钱，拿得远些就小些。挂在空中的就更小了。挂得那么远不更小得看不见了？我思路混乱起来，比了半天也无法回答。

"说是这两天又在抓人杀头。杀共产党，"张干幽幽地闲闲地说。

"怎么叫共产党，什么都共？"席干轻声笑着纳罕。

片刻的寂静。穷人没东西给人共，除非共别人的。就互避嫌疑。

毛娘应道："嗳。共产也共妻嗳！"

大家都笑了。方才松弛下来。

"有土狗子，"何干指着阴沟边。我忙跑去看。

淡土黄色光亮亮的三寸长小动物，介于小肥狗与青蛙之间，依稀有四只，头上一边一个小黑点是眼睛，肉唧唧的非常恐怖。伏在那里不动，不细看还当是块泥土。

门房对过的一个小屋是男佣合住的一间房，没点灯。门口红红的香烟头明灭，有人穿着汗衫坐在长板凳上，也有人穿着白布对襟唐衫的。

毛娘悄悄笑道："史爷多规矩，看我们来了就进去加件小褂子出来。"

史祥从前因为我祖母忌讳他姓史音近"死"，吩咐读"史"为say，上声。至今家里小孩与佣仆都呼他 say 爷。我祖母丧夫后这样怕死，想也是为了担忧子女太小，她死不得。结果还是只活到四十几岁，仿佛也是一种预感。

地藏王生日，女佣们出得起钱的都出钱买了香插在院子里，前面花园，后天井深沟边，一枝枝都插遍了，黑暗中一点点红色星火。似乎没人知道地藏王是管什么的。史爷干瘦精壮，剃光头暴露出头角峥嵘，青头皮，微方，沉默寡言，偶而有时候带我出去玩，也从来不说话。我坐在他肩头上街，他自掏腰包买冰糖葫芦给我吃，串在竹签上的鲜红山楂果，亮晶晶的像涂上一层冰衣。有一次走远了，到大罗天游艺场。一进门就走上简陋的宽阔楼梯，青灰色水泥墙壁与楼梯四面封牢了，监狱似的阴森可怕，没人也没人声，大概因为时间还早。但是一上楼便也听见锣鼓声，一个黑洞洞的窄门望进去，黑洞洞的剧场最远的一端有明亮的戏台在唱戏，一小长方块的五彩画面，太小又太远，看不出什么来。门口三三两两站着些人。史爷只在门口站了一会就又上楼去。同样的凄寂的楼梯。楼上又演滑稽相声，再上去又有各路大鼓，XXXX，我们都只在门口站着，远远看一会就走了。进去要再买票。

女佣们对史爷像修女敬重神甫一样。"史爷娶过老婆，死了。"何干有一次低声告诉其他的几位，几乎是谈论主人的私事似的。又有一回我听见席干窃笑着告诉何干，我们杨黄来了。那是大奶奶家的男仆。"史爷到堂子里去。"他说。

"堂子是什么？"我问。

"唉嗳X！"何干斥黄，然后她们都笑了。但是我总觉得史爷去的不会是什么坏地方。

当然老八搬进来以后，我听见说她是"堂子里人"，也渐渐明白了。仆人背后都叫她老八，她做生意的时候是那家艳帜下的八小姐。我知道我去过小公馆，见到的女人就是我父亲的姨太太，但是不知道怎么从来没想到她跟我母亲离去有关。也许因为我从来不把我父母联想到一起。我不记得同时看见过他们俩。

我父亲省钱，回掉了小公馆的房子，搬到家里来。进宅那天大请客，请姨太太的小姊妹们，不像平时陪酒不上桌吃饭。女佣们都避到楼上去，只有席干在楼下帮忙，没见过这等场面，很紧张。我乘乱躲在客厅与饭厅之间的穿门帘下，钻在丝绒帘幕中偷看。我见过那苗条的女人招呼着一群女客进餐厅，一个个都打扮得很喜气，深浅灰色褐色裙袄，比她矮些，面貌也都极平常，跟我们那些亲戚女眷没什么分别，还是她梳着髻，两根稀疏的前刘海拂额，薄施脂粉，鹤立鸡群。随后我父亲也带了两三个男宾进去，拉门横上了。我这才注意到客厅里还有两个十五六岁的女孩偎倚着坐在同一张沙发椅上，粉装玉琢，像双生子一样穿着同样的淡湖色袄裤，襟袖上亮闪闪一排镶着一圈水钻的小镜子。映着XXXX的XX地毯，我觉得她们像雕刻在一起的一对玉人，太可爱了。我渐渐露出半边脸，边上缀着小绒毯的墨绿丝绒门帘，又逐渐褪到肩头，希望她们看见我，逗着我说话。

席干在穿堂里遇见何干下楼来，低声说客厅里的两个，有点恐惧地：

"说是不给她们吃饭。"

隔着拉门可以听见我父亲的语声，照常是急促的，像是冲口而出的一个短句，断句，放枪似的一响，两响，今天也许特别带点生气的口吻。壁灯与正中一簇挂灯都开得雪亮。客厅里静悄悄空落落，她们俩只偶然轻声对彼此说句话。我实在等得不耐烦，终于　一寸半时　门帘渐渐现身　柔软　只裹住下半身

我站在那里太矮墩墩的，她们看不见？当然我不会也没想到她们已经得罪了主人，不见得再去得个带坏人家小女孩的罪名。僵持了许久，席干上了菜，过来看见了我，着恼地说声"唉嗳Ｘ！"忙牵着我的手送上楼去。

"说是不要他们叫她。"次日席干低声告诉何干张干，罕皇地，仿佛闻所未闻。不要我们叫她姨娘或是有任何称呼，我父亲吩咐。

我们终于没引见过，但是她常叫人带我下楼来玩。她有时带我出去吃西点宵夜，她自己只啜着柠檬红茶，在豪华的吉士林展示她自己，游目四顾看有没有熟人，也没人上前招呼。

她从来不找我弟弟，免得说勾引男孩，无论多么小。也许也是出于妒忌，她自己生不出一个继承人。

我到门房去画小人总经过楼下穿堂，常看见她父亲站在她房门外一只橱柜前挖鸦片烟斗里的烟灰，去拿来过瘾。一个高大的老人穿着淡灰洋布大褂，方肩膀扛得高，灰白色的大狮子脸，我也看见她一个人斜签着身子坐在大理石心的红木雕花独脚桌前吃饭。我父亲大概躺在烟塌上已吃过了。

"就吃点咸菜下饭。"席干告诉同事们。

"她们堂子里都是这样，要等席散了才吃，也就吃点腌菜焰菜。"毛娘说。显然中国传统的妖姬的第一戒就是不给男人看见她们也

有食欲。

除了席干有时候替他们打扫房间，楼下并不要女佣伺候。她们乐得清闲，等于放长假。

"下雨喽，何奶奶！"席干带笑高叫，往楼顶上跑，何干张干跟笑着跟上天台去抢收衣服竹竿。

刮起风来天变成黄色。关着窗，桌上还是厚厚一层黄沙，她们一面擦一面笑。

下雨雷声隆隆，她们说："雷神拖牌桌子了。"

男佣房间里常常有牌局。何干带着我站在房门口，史爷一面打麻将一面问："大姐，今天谁赢啊？"他们合肥人还是《金瓶梅》时代的称呼，主人的女儿合家上下都称大姐。

一般都相信小孩说的话往往应验。

何干教我说"都赢"。

"都赢，那谁输啊？"

"说'桌子板凳输'。"

"桌子板凳输。"

牌桌上的人都笑了。内中有烧烟的胡宏，一个橘皮脸的矮子。

"胡爷戒赌，斩掉一截手指。"厨子取笑他。

胡宏讪讪地笑着不作声。我扳着他的手指看过。用刀斩断了第四只手指，剩下的一截尖端平滑，青白色。

史爷下乡收租去了，好久才回来。何干带着我站在男佣住的小屋门口，打听家乡近况。

"乡下就是乱，"史爷坐在方桌旁说，"现在就是乱。闹土匪。"

他语焉不详，慢吞吞半天说一句话。她迫切地等着，一字不漏地听着，不时应着"哦，哦。"

我觉得他们都是正直的人，好心没好报。一席话终，史爷沉默了下来，绝对再等也没下文了之后，我突然说："等我大了给史爷买皮袍子。"

　　他十分意外，显然认真地高兴起来。何干便笑道："我呢？我没有啊？"

　　"给何干买皮袄。"我说。

　　她向史爷半眨了眨眼，轻声笑道："大姐好。"仿佛告诉他一件秘密似的。他们合肥人还是金瓶梅时代的称呼，阖家上下都称西门庆的女儿为"大姐"。

　　老八又通知何干带我下去玩。照例总是我父亲不在家的时候。裁缝来了，她叫他替我度身，买了一大卷丝绒衣料，够她和我各做一套一式一样的裙袄。

　　站在红木雕花大穿衣镜前，我胖，裁缝摸来摸去找不到腰身。老八不耐烦地走上来用力一把捏住我腋下的衣服，说："咳！"裁缝也只得把这地方算腰。

　　他走了。老八抱着我坐在膝上笑道："你婶婶给你做衣裳总是零头料子，我给你买整疋的新料子。喜欢我还是喜欢你婶婶？"

　　其实我一直佩服我母亲用零头碎脑的绸布拼凑成童装，像给洋娃娃做衣服一样；俄延片刻方："喜欢你。"似乎任何别的回答都没礼貌。但是一句话才出口，仿佛就有根细长的叶茎管子往上长，扶摇直上，上达天听。又像是破晓时分一声微弱的鸡啼，在遥远的地平线，袅袅上升。后来我在教会学校里读到耶稣在最后的晚餐桌上告诉门徒犹大曰："在鸡鸣前你会背叛我三次。"总是想到我那句答话。

　　老八也只笑了笑，便放我下地。衣服做了来，是新兴的齐腰短袄，腰阔不开衩。窄袖及时，长裙拖地，较近意大利仿制的西部片中的简化世纪末女装。老八生活时装模特儿的身材，细腰没肋骨，穿着道一色冷灰的雪青丝绒衣裙，越显婷婷。那天我父亲又不在家，她带我出去，没叫何干跟去。何干识趣，寒冬腊月，也并没说给我夹袄上加件棉袍，免得破坏了老八苦心经营的形象。

老八抱着我坐在人力车上，笑道："冷吧？"用她的黑丝绒斗篷包着我。我可以觉到她的娇弱，也闻得见她的香水味中搀杂的一丝陈旧的鸦片烟味与不大洗澡的气味。

人力车拉近一条长巷，停在一个双扇朱红门前，门头上一丸白色圆灯上一个红字是主人的姓。她揿了铃半天没人去开门，便从银丝手提袋中取出一大叠钞票来点数，也许是觉得被怠慢了，存心摆阔。强烈的门灯当头照射下，两旁都是一色灰白水泥长墙一直伸展到黑暗中，空荡荡的人踪全无。人力车已经走了。她手里那捆钞票有一块砖头大小。史爷收租带回来的原捆未动。

〔内容有缺〕

她们走的那天是怎样出门上车上船的，我根本不知道，大概是被女佣们圈在楼上起坐间里玩，免得万一哭闹滋事。其实根本不觉得有什么分别———直不大在眼前。

女佣们绝口不提，除了毛娘，我外婆家从前的总管的媳妇。总管的儿子柏崇文自幼在书房伴读。我母亲出嫁，外婆就派他跟着陪嫁过来，好有个廉价的记室。娶了亲便也寄住在我们家，帮忙做点杂事。虽然过了门好几年了，在女佣们口中依旧是"崇文新娘子"。太累赘，我小时候说不上来，她称我们"毛哥""毛姐"，我就叫她"毛娘"，就叫开了。她生过伤寒症，头发掉了再长出来，有点鬈曲，梳了头也还不低伏点。云发蓬松，红扑扑的小鹅黄脸，

206

身材适中，不惯北方寒冷，总把两只手抄在鼠灰线呢棉袄襟下。

"婶婶姑姑到外国去喽！"她常常走来走去都唱念着。……

多年后我有一次跟我姑姑提起她来，我姑姑笑道："那毛娘——叽哩喳啦的！"

我母亲嫁妆里借下的男童女童衣服从婴儿到十岁，但是我穿到五六岁早就成了老古董，穿不出去了，只能家常穿。大红大绿的背心与短袄，深紫薄绸夹袄，我每天配搭着穿。毛娘便唱诵："红配绿，看不足。红配紫，一泡屎。"

我偏喜欢紫袄上加大红背心，颜色浓得化不开。让她唱去。

她略识些字。一肚子的孟丽君女扮男装中状元，所以总是念叨着"婶婶姑姑到外国去喽！"她也会讲许多故事与朱洪武马娘娘的轶事。她是南京人，就是她告诉我二大爷张人骏坐笼筐缒下城墙，逃出南京围城的事。提起紫金山秦淮河与下关都是美丽亲切的，虽然我后来有点疑心下关是个贫民窟。她还讲南京附近沿海的岩洞有时候"出蛟"，非常恐怖。

"蛟是什么样的？"我问。

"好大。……"似是濒于绝种的远古的生物，挟着风雨巨浪一齐来的，难怪古文里蛟龙兼称。在我印象中是一种两栖动物，介于大墨鱼与放大的蜗牛之间，没有头与触须，仅只有一大卷肌肉中嵌一只独眼。我后来有一次看到报刊上说"蛟"就是鲨鱼，怎么也不能相信。中国人会把鲨鱼神化到这种变成后山洞里出海的怪物？

南京有时候有人带咸板鸭来，也不知是我们的亲戚还是崇文的。家里就两个小孩，我父亲住在小公馆里。我们吃饭仍旧按照我母亲规定的菜单，南京板鸭太咸，至多尝一口，都是给女佣吃。她们在下房里摆张饭桌，互相让着吃板鸭，都笑翠铃喜欢吃鸭屁股。

翠铃微笑着不作声，我在旁边看见她面色凝重，知道她是因为没人要吃鸭屁股，她年纪最小，地位最低。她是丫头，只有她是女奴不是雇佣。而且黑屁股肥嫩，也很好吃。

三层楼上没人住，堆箱子。楼梯口有一只装书的大藤篮拦腰绑着一根皮带，书太多了盖不严，我可以伸进手去，一次抽出一本《红玫瑰》或《半月》，"鸳蝴派"流行小说杂志。封底永远是一张唐继尧的照片，不知是军阀还是已经是党国元老。封底背面永远是治白带唐拾义乌鸡白凤丸广告，唐拾义唐绍仪是否一家人，我久久感到困惑。藤篮上面墙上挂着我母亲拍的照片，她自己着色的，穿着简单的淡绿衣裙，低着头站在荒草斜阳中若有所思。配了镜框，玻璃上的反光淡化一切。

"那是谁呀？"翠铃问我。

"是婶婶，"我不经意地抛出一句答案。她那口吻有点可憎，就仿佛我倒已经忘了，不认识了。

"嗳。婶婶姑姑到外国去喽！"翠玲说。只有她和毛娘这两个年青的女子相信我母亲去得成，感到快心。照片改挂到三楼，人迹不到的地方，大概是怕姨奶奶搬进来之后，看见了会糟践毁坏。也许没等姨奶奶进宅，怕我父亲回来看见了生气。

男佣对小公馆比较熟悉，背后都叫姨奶奶"老八"，她在堂子里排行第八。

女佣们便也跟着叫老八。她还有个父亲跟她住。

"也不知是不是真是她父亲，"毛娘说。便都叫他老乌龟。

我父亲为了节省开销，回掉了小公馆的房子。搬回来住楼下两间相连的房间，自成一家。进宅那天贺新居请客，都是她的小姊妹们，破例上桌吃饭，不像吃花酒只坐在客人身后。那天只有粗做女佣席干在楼下帮忙，很紧张，没见过这等场面。我乘乱里躲在客厅饭厅之间的穿门边帘幕下，略带灰尘味，她们终于从穿堂对过的房间里过来了。一行人都梳着横S髻，额前稀稀飘着几根刘海，薄施脂粉，大都是蜜合色短袄，不长不短的铁灰软缎裙下缘镶两道同色阔花边，花边遍洒黑圆筒珠。面貌也都极平常，跟我们亲戚女眷没什么分别。老八一路招呼着她们，还是她鹤立鸡群，原比她们高。就连她系上裙子也没那次我在小公馆看见她那么妖冶。她先招待着她们从客厅走进饭厅。隔了一会，男宾也跟了进去。两扇沉重的乌木拉门拉上了，只隐隐听见我父亲笑语声。我这才注意到客厅里还有两个十五六岁的女孩子相偎相依坐在同一张沙发椅上……牵上楼去。

楼下除了一个烧烟的男佣胡宏，只席干进去打扫。

"说是不要他们叫她，"席干……罪恶感。

我们反正还是整天在楼上那间房里玩。两个窗户之间……（冬火罐）

"婶婶姑姑寄来给你们玩的，"……（鼻血）

（此节残缺零碎，部分内容已见于前两节，疑是初稿。标题《最喜欢爱德华八世》为编者所加。）

〔信封草稿节录〕

1. 自从姨奶奶搬了进来，我们家成了淫窟。不但妞大姐姐从此绝迹，连她兄弟们二十岁以上的都不便来了。只有最小的一个游大侄侄有时候还来。XX上午，X他们楼下还没起床。

除了妞大姐姐两个有特征的，胖大侄侄与游大侄侄。后者还像他祖父张大人骏一样留着发辫没剪，不知是忠于清室，还是仅只是向他祖父示爱，也许是混合着同情怜悯的怜爱。

他大概有十七八岁，个子相当高，长长的一张小白脸，比兄姊都漂亮，却拖着一条油松大辫，到处被目为怪人，确实需要勇气，尤其在他这年龄。我母亲与姑姑在家的时候提起来都带着轻微的笑声，但是也不当作笑话讲。她们走了他尽职地来看我弟弟和我，一会就走了，根本没坐下，在我们那间充满了阳光的起坐间里站着翻阅一本红线条格的蓝布面账簿，我从门房里拿上来写小说的。第一句"话说隋末唐初时候，"写到半页就写不下去了。

"喝！写起隋唐演义来了！"游大侄侄说。

我留神不看他背后。

2. 自从姨奶奶搬了进来，我们家成了淫窟。不但妞大姐姐从此绝迹，连她兄弟们过了二十岁以上的都不便来了。只有一个最小的游大侄侄有时候还来。总是拣上午，乘楼下他们还没起床。除了妞大姐姐还有个和大姐姐是称名字的，此外还有两个有特征的胖大侄侄与游大侄侄。后者还像他祖父张人骏留着发辫没剪，也不知是忠于清室，还是仅只是向他祖父示爱，也许是敬仰中混合着怜悯同情的怜爱。他大概有十七八岁，个子相当高，长长的一张小白脸，比兄姊都漂亮，长袍背后却拖着一条大辫子，还不像遗老们盘在头顶上，再戴着瓜皮帽，看不出来。这样招摇过市，到处被目为怪人，确实需要勇气，尤其在他这年龄。我母亲与姑姑在家的时候提起他总带着轻微的笑声，但是也不当作笑话讲。她们走了他尽职地来看我弟弟和我，没多逗留，根本没坐下，在我们那充满了阳光的起坐间里站着翻阅厚厚一本红线行格蓝布面的空白账簿，我拿上楼来写小说的。第一句"话说隋末唐初时候，"以下不到小半页就写不下去了。

"喝！写起隋唐演义了！"

我微笑，留神不看他的辫子。

3. 我不肯吃蔬菜，劝我吃的何干 XX 哄道："乡下霞子可怜啾……没的吃啾！""霞子"不知是"孩子"还是"芽子"。

又道："有时候我打个鸡蛋，多加水，蒸碗鸡蛋骗骗霞子们。"

"乡下苦啾！真是没得吃，实在没办法了，去跟我大伯借升豆子 XXXX 说了半天，一面听眼泪直往下掉。

XXXX 我父亲我姑姑都笑她是"养媳妇，胆子小。"她自己从来不提做童养媳的事，只说她守了寡抚养两个孩子的事，显然觉得寡母的尊严洗掉了家里穷得不得不送她去做童养媳的羞耻。

我要她讲故事，她肚子里有限的几个故事已经听过无数次了，就要她讲乡下。

〔附〕

1: 第三部分大纲

Toys, game。画小人。棉袍。麦芽糖。炉，火罐。赤兔马下火，门扇。

藤篮书，二唐。西山。"这是谁？"翠，毛, fexxxxxx。孟丽君，下关，蛟。全 Nanking，"张……"小脚追。Proud of 脚。Lunch 张。

Lunch 何干。养媳，但……bxxxx，"大姐。"游 XX。"霞子。"
大姐。羡游。席老鬼。浴·Wondering 苦命。

"何奶奶，下雨……"雷。瓦上霜。风。长假。夏夜。火。大
罗天。何。不省衣料。

妾入。Housewarming，独食。

门房麻将。

史下乡回。"皮袍"。

妾赌。衣－this demand 红、学。

赐符。辩。（淫窟）妾上楼，弟病。

何还乡。麻饼。

天哥。师来。紫绿光，首阳山。亭，蛋。No peeping tom。

板鸭。花红。新房子。拜年。

（X 俱乐部。）左字，郎中。课子。高发——怪胎。胡宏。

师去。Back to 天井，换季。父 bandaged。八爷。姑姑老怨，
Never thought why junk 皆带去。崇文信。回 X，危。

张先生。End of era。

沪，父温驯。针药瓶。舅字，妾。伯寿，乡气衣。"舅妾虾。"
兜风——阎瑞生。

母归夜。

新屋，墙。狂喜。（Even 父毒）芹，便宜货。Vacation. "My
XXX""I only have…"

布置，红蓝。"喜大姐二姐？"

Xmas (dumb waiter) 崇买书。小说日报。Greek Myth.
Cinderella shoes."喜姑姑婶婶？"——"一人不喜即……"only
criticism, & "告 film plot," X。

父，七，伞。Love sc.。Metier——晚年喜英 stage, never would consider anyway.

暑假二月 hosp., then 照光。黄氏。父去。母姑 visit XX。

父戒瘾。返，hosp. bill。吵。New apt. opp. 逸园。警戒 divorce。父匿舅衖——奇。

校 last visit。"心狠，"ship 送行，舅家掩护。新年买梅。抽换书。仿疑泪。

父婚，姑 X 情死。站椅上看。"老气，"loyal。入车俐落。"烫死你。"姑卖力，谎。母归妒。

翠诉，我诉。发横云。

孙小姐。父 "Gold-digger."；∴ 填 Ed Ⅷ。

2：第三、四部分内容概览

爱憎表

一贯"语不惊人死人休"，Edward Ⅷ亦太……in XXXX。但却清晰如昨。母 re 王子。(& Gary)。

喜旅行，倾囊远游，形貌近似。〔瘦削，X 而有风韵。〕离婚被歧视。欧 less than Chinese（活人妻），但英王室仍……宫廷震动。时尚未退位，但僵持中。母显然 quite 满足，avenged。我亦痛快。

半世纪后，great romance tarnished。当时已显"承恩不在貌"。英政界 loyal 自律，悉 suppressed。争待遇。对她尊称，不漂亮。亲 Hitler。几被掳作傀儡。Bahamas 冤狱。惧内——她挑眼擒微。Expl…her hold over him，爱特权。他风流，但皆有夫之妇（avoid marriage rich）；美社交界名美人，美国女 less obsequious more experienced.

但当时不知。纯快心，崇敬。真此项时，踌躇，终悍然。

喜吃炒饭却完全 inexplicable。

张人骏。"新房子。"（自豪 tho' 主皆 scandalized）尚小云，∴四大。烟台出美人与果。大姨太。（愕叱——赵姨，环）老太"坐帐"，问。内线，知⋯⋯逐，迫打。遭妾。∴母 stipulated 返沪。否则离不成。

返沪船上，红烧肉。（∴阿英）解禁，但炒饭 junk food 快餐。Only 火车上。Then back for HK："地气。"炒饭。逍遥法外 for 母 rule。草炉。鸽——不是味。'37 省未吃苦。二,填——bravado? X。

* 据手稿。

著作权合同登记号　　图字：01-2018-4230

本书由皇冠文化集团授权，仅限于中国大陆地区发行，不得销售至包括港、澳及任何海外地区。

图书在版编目（CIP）数据

重访边城／张爱玲著 . —北京：北京十月文艺出版社，2019.7（2025.9重印）
（张爱玲全集）
ISBN 978-7-5302-1873-0

Ⅰ.①重…　Ⅱ.①张…　Ⅲ.①散文集—中国—现代
Ⅳ.① I266

中国版本图书馆CIP数据核字（2018）第196127号

重访边城
CHONGFANG BIANCHENG
张爱玲 著

出　　版　北京出版集团公司
　　　　　北京十月文艺出版社
地　　址　北京北三环中路6号
邮　　编　100120
网　　址　www.bph.com.cn
发　　行　新经典发行有限公司
　　　　　电话 (010)68423599
经　　销　新华书店
印　　刷　河北鹏润印刷有限公司
版　　次　2019年7月第1版
印　　次　2025年9月第14次印刷
开　　本　850毫米×1168毫米　1/32
印　　张　7
字　　数　156千字
书　　号　ISBN 978-7-5302-1873-0
定　　价　39.00元
质量监督电话　010-58572393
如有印装质量问题，由本社负责调换。